文庫

長編時代小説

烈火の剣

徒目付勘兵衛

鈴木英治

KOBUNSHA

光文社

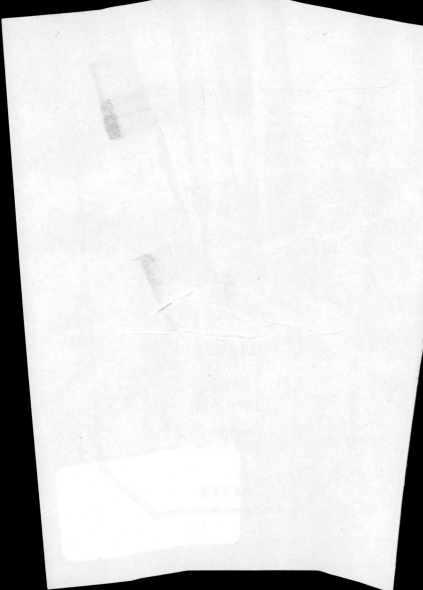

目次

主な登場人物

久岡勘兵衛――古谷家の次男で部屋住みだったが、親友・久岡蔵之介の不慮の死によって久岡家に婿入りし、書院番を継いだのち、飯沼麟蔵に引き抜かれ徒目付となる
美音――勘兵衛の妻。蔵之介の妹
飯沼麟蔵――腕利きの徒目付頭。勘兵衛の兄・善右衛門の友人
山内修馬――勘兵衛の同僚の徒目付
稲葉七十郎――南町奉行所定町廻り同心。勘兵衛より三歳下
佐々木隆右衛門――書院番組頭。勘兵衛の元上役
岡富左源太／矢原大作――勘兵衛の幼なじみ。ともに犬飼道場に通う
久岡蔵之丞／鶴江――勘兵衛の義父母。蔵之介・美音の父母
重吉／滝蔵――久岡家の中間
多喜――古谷家の女中頭。今は久岡家で働く

徒目付勘兵衛　烈火の剣

第一章

一

「金を借りぬか」

いきなりいわれ、久岡勘兵衛《ひさおかかんべえ》は目を丸くした。

隣に正座している男がにっこりと笑いかけてくる。

歳《とし》は同じくらいか。人なつこそうな瞳《ひとみ》には、やわらかで聡明《そうめい》そうな光がたたえられている。

「どういうことかな」

興を惹《ひ》かれ、勘兵衛はたずねた。

「なに、知り合いに金貸しがいるのだ。それでときに俺が客を紹介してやっている。おぬし、金に困っておらぬか」

「そうか。なら無理強いはしまい。俺が口添えすれば、利がだいぶ安くなるのだが。これでもけっこう喜ばれておるのだぞ。――本当に困っておらぬか」

千二百石の久岡家とはいえ武家の常で台所事情が苦しいのは事実だが、今のところ、借金するほどまでに追いこまれてはいない。

「ああ、大丈夫だ。しかし、おぬしも大胆だよな」

勘兵衛は親しみを覚え、笑った。

「ここがどこかわかっていっているのか」

むろん、と答えて男は首をまわし、部屋のなかを見渡した。

「徒目付頭《かちめつけがしら》、いや我らのお頭となるお人の詰所《つめしよ》だ」

江戸城内の大玄関そばにある十畳の座敷で、三方を囲む襖《ふすま》には、松と海、そしてゆったりと朝日を浴びる白帆の船という絵が描かれている。正面は床の間で、大河に架けられた橋に降り積もる雪、その上を苦労して行く旅人、という構図の墨絵の掛軸がかけられ、その下には一輪の菊がいけられた首長の壺《つぼ》が置かれている。

男が勘兵衛を見直す目をした。

「おぬしも俺と同じなんだよな」

「ああ、今日から徒目付の一人となる」

「今のところは」

そうか、といって男がまた人なつこい笑いを見せた。

「俺は山内修馬《やまうちしゅうま》という。よろしくな」

勘兵衛は名乗り返した。歳はやはり勘兵衛と同じ二十七とのことだ。

太い眉《まゆ》とがっしりした顎《あご》はこの男が持つ意志の強さをあらわしているようだし、子供のように生き生きと輝く瞳はなんにでも興味を示す好奇心の強さが感じられる。高い鼻と形のいい両の唇はこの男の端整さを際立たせ、娘たちにいかにも騒がれそうだ。

それだけに、金貸しといういささかいかがわしげなにおいがする者と親しい関係にあるというのは、この一見さわやかな男には似つかわしくないような気がする。

「金貸しって、どなたか旗本《はたもと》がやっているのか」

「いや、市中の者だ」

「どうしてそんな者と知り合いに」

「そんな者か……確かにそうかもしれぬな。いや、これまでずっと冷や飯食いで、縛りがかけられることがなかったからな。世間のことはそれなりに知ることができたんだ」

「部屋住《へやず》みだったのか……」

「兄が死に、その跡を継ぐことになって出仕が決まった。おぬしもそうか」

「俺はちがう。ほんの三年ほど前までは部屋住みだったが」

「ほう、どういうことだ」

これまでの事情を勘兵衛は簡潔に話した。

「なるほど、腕を見こまれたのか。しかも、もとは書院番《しょいんばん》か。だが、よく移籍が許されたものだな。書院番といえば、お上をじかにお守りする役目ではないか。精鋭ぞろいともきいているぞ」

「そのあたり、事情はよくはわからぬ。あるいは、お頭が強引な手をつかったのかもしれぬが」

「お頭のことはよく知っているのか」

「兄がお頭と同じ道場なんだ。その縁で以前より知っている」

修馬が気がついたように見つめてきた。

「もしやおぬし、俺の兄の仇《あだ》を討ってくれたのではないか。残念ながら、名はきかされておらぬのだが」

勘兵衛はこくりとうなずいた。

以前、巻きこまれた事件で、確かに徒目付が二人、凶刃に倒れている。二人の徒目付どを殺した下手人たちを、勘兵衛は刀を振るってあの世に送りこんだ。死んだ徒目付ののどちらかが修馬の兄なのだろう。

「やはりそうだったか」

修馬が感謝の念を浮かべた。

「そのときの様子を話してくれぬか」

悪者とはいえ人を二人も殺《あや》めたことだけにあまり思いだしたくもなかったが、勘兵衛は素直に語った。

「そうか、そういう形で仇を討ってくれたのか……。だが、おぬしも危なかったのだな」

「ああ。こうして生きていられるのは、運の強さ以外のなにものでもない」

「そうではなかろう。お頭に見こまれたのは、それだけの腕を持っているからだ」

修馬がじろじろのぞきこんできた。勘兵衛を値踏みするような目だ。

「ふむ、こりゃいいのを見つけたかもしれんぞ。掘りだし物だ……」

つぶやいているつもりらしいが、地声が大きいせいで筒抜けだ。

「なにが掘りだし物なんだ」

勘兵衛がきくと、修馬はぎょっとした。

「なんだ、きこえちまったか。いや、まあ、たいしたことではないんだ。忘れてくれ」

修馬はにっと笑みを見せた。だが、つくり笑いなのは明らかで、さっきまでの人なつこさはきれいに消えてしまっている。

「お頭ってどんなお方だ」

その話はもう終わりだといわんばかりに話題を変えてきた。

勘兵衛はじっと見てから、うなずいた。

「一言でいえば、耳ざといお人かな。いや、さといというより、なんでもきこえてしまうといったほうがいいか。とにかく、あの人のそばで内緒話は禁物だ」

「そんなにすごいのか」

修馬は半信半疑という顔だ。

「ああ、実際に経験してみんとわからんだろうが。とにかく、鋭いお人、これが最も的を射ているかな」

「ふーん、頭のめぐりがいいんだな」

修馬がふっと顔をまじめなものに戻した。

勘兵衛も気づいている。襖の向こうに人が立った気配があった。

「入るぞ」

襖があき、飯沼麟蔵《いいぬまりんぞう》が姿を見せた。足を進ませ、座敷の中央にやってきた。両手をそろえた二人を見おろすようにし、空咳《からせき》を一つしてから音もなく腰をおろした。

勘兵衛たちはこうべを垂れ続けた。

「なにやら話し声がきこえたが。勘兵衛、なにを話していた」

は、といって勘兵衛は語った。

「ふむ、互いの紹介はすませたのだな。どうだ、気が合いそうか」

勘兵衛は、はい、と躊躇《ちゅうちょ》なく答えた。横で修馬も深くうなずいている。

「よろしい」

「あのお頭、一つよろしいですか」

「なんだ、修馬」

「殺された徒目付は二人ですよね。その跡を継いだのは一人はそれがし、もう一人の跡はこちらの久岡どののようですが、これはどういうわけなのです。久岡どのの腕を見こんで、とききましたが」

「それか。もう一人の嫡男がまだ八つと幼くてな。おぬしのような弟もおらず、それでこの久岡勘兵衛に白羽の矢が立ったというわけだ。いう通り、遣い手だぞ。おぬしも遣うときいているが、やり合ったらどちらが強いかな」

「いえ、それがしでは久岡どのの相手になりませぬ」

「謙遜《けんそん》ではないようだな」

「はい。それがし、剣に関しては兄とほぼ同じ腕前でございました。その兄を殺した者を討ってくれた久岡どの。どちらが上かは自明のことです」

「ほどを知っているというのは、おぬしの強みかもしれんな」

麟蔵が交互に見る。

「おまえたちは二人で組め。新入りだから本来なら古強者《ふるつわもの》と組ませるべきだが、今のところすべての組がうまくいっている。それを崩したくはない」

勘兵衛はありがたし、と思った。そのほうが気が楽だ。

「勘兵衛、相変わらず顔に出るな。心の動きを消す鍛錬を日頃からしておくように申したはずだが」

「申しわけございません。怠っていました」

勘兵衛は素直に頭を下げた。

「まあよい。次からは気をつけよ」

そういって麟蔵がぱんぱんと手のひらを鳴らした。

襖がひらき、十名を超える男たちが次々と入ってきて正座した。十畳の座敷は一杯になった。

いずれの男も、一瞥《いちべつ》しただけでは顔を覚えられないくらいに表情というものがない。目は一様に鋭いが、なにかの拍子に一気に瞳から輝きを消し、自分を印象づけさせないすべを心得ているような気がする。

勘兵衛は胸を圧《お》されるものを感じている。俺もいずれはこんなふうになるのだろうな、と思ったら、かすかにもの悲しい気分が心を浸した。

「どうした、勘兵衛。徒目付になったのを悔いておるのか」

麟蔵にいわれ、勘兵衛は顔をあげた。

「そんなことはありませぬ」

「無理をせんでいい。気持ちはわからんでもない。俺だけではなく、この者たちすべてが同じ思いを抱いたものだ」

そうだったのか、と勘兵衛はほっとするものを覚えた。

「勘兵衛、修馬、さあ名乗れ」

二人は名を告げ、これからよろしくお願いいたします、と朗々といった。十二名の男たちはただ会釈を返してきたにすぎず、名乗ることもなかった。

「今、紹介したところで覚えきれまい。名など追々わかる」

徒目付は総勢で五十六名、四組にわかれている。十四名で構成された一組をそれぞれ一人の徒目付頭が率いている。四人の徒目付頭に命をくだすのは十六名の目付だ。

「よし、皆の者、持ち場に戻れ」

はっ。十二名の男はいっせいに立ちあがった。整然と廊下へ出てゆく。

すっと襖が閉じられる。途端に座敷から冷ややかなものが消え去り、春風でも入ってきたかのようにあたたかみが満ちた。

ただし、勘兵衛の背にはじっとり粘るような汗がにじんでいる。隣で修馬も肩で息をついている。

「疲れたか」

麟蔵が声をかけてきた。

「すぐに慣れるさ。——よし、今日はこれから市中の見まわりに出ろ」

「どこへ行ってもかまわぬのですか」

麟蔵がじろりと修馬を見た。

「行きたいところでもあるのか」

「そういうわけではないのですが」

「当月の月番である南町奉行所《みなみまちぶぎょうしょ》だけは必ず顔をだすようにしろ。それ以外はどこに行こうとかまわん」

二

「なぜお頭が御番所《ごばんしょ》に行くようにおっしゃったかわかるか」

城内を外桜田《そとさくらだ》門に向かう途中、修馬が問うてきた。

「いや」

「おぬし、あまり考えないんだな」

修馬が笑った。しかし言葉の感じほど明るい笑いではなく、この男が持っているらしい陰を勘兵衛は感じた。

どこからそんな感じが出てきているのか。勘兵衛は修馬を見つめ、見極めようとした。

「なんだ、どうした」

「いや、なんでもない。――おぬしはお頭の意図がわかっているようだな」

「ちょっと待った。顔を合わせたばかりだが、お互い呼び捨てにせんか。どうだ」

「うむ、そのほうがいいな。おぬし、ではどうも堅苦しくていかん」

「よし、俺は勘兵衛と呼ばせてもらう。おぬしは、いや、勘兵衛は修馬と呼んでくれ」

「了解した。――それで、どうしてお頭は俺たちを御番所に向かわせたんだ」

「徒目付がどれだけきらわれているか、体で知らしめようとの狙《ねら》いだろう。徒目付はほとんどの者に嫌悪されているが、なかでも町方《まちかた》のきらい方は徹底しているからな。はじめて徒目付になった者にとっては、かなりの屈辱だろう。最初に強烈なのを与えておけば、あとはなにが起きようと驚くまいとの配慮だろうが、果たしてそううまくいくかな」

修馬が意味ありげな笑みを見せる。

外桜田門を出て、日比谷堀《ひびやぼり》を右手に見つつ歩いた。日比谷門を抜け、大名屋敷が建ち並ぶ道を進む。

やがて南町奉行所が見えてきた。まだ朝がはやいこともあり、初秋の透明な陽射《ひざ》しが町奉行所の屋根に当たっている。どことなく白っぽい靄《もや》があたりにはかかっているように見え、道行く人たちの姿もどことなくはかなげだ。

あけ放された表門を入る。敷石が続く正面に玄関が見えている。

「勘兵衛、入ったことは」

「いや、なかははじめてだ」

「だろうな。れっきとした旗本がそうそう用のあるところではないものな。この敷地、どのくらいの広さがあるか知っているか」

勘兵衛はまわりを見渡した。さまざまな建物が目に飛びこんでくる。役人たちの詰所や吟味所《ぎんみどころ》、詮議所《せんぎどころ》といった建物があるのは耳にしているが、どれがそれに当たるのかはさっぱりだ。

「さて、二千五百坪くらいか」

「惜しいな。正確には二千六百二十六坪だ。今くぐってきた表門な――」

修馬が振り返る。

「国持《くにもち》大名と同じ格式を誇っているんだ。なかなかのものだろ」

顔を戻し、右手を掲げて左側を指し示した。

「その井戸の向こうが白洲《しらす》だ。その塀の切れ目を入り、奥に行くとある。白洲自体、俺たちが思っているほど広くはないらしいぞ」

二人は玄関に入った。

ちょうど外に出ようとしていた同心《どうしん》らしい男がむっとし、いやなものを目にしたとばかりに顔をゆがめる。さすがに一目で勘兵衛たちの正体を見抜いたようだ。唾《つば》でも吐きかねない表情で石畳を遠ざかってゆく。

「さっそくきたか」

修馬は平気な顔でさっさと上にあがった。勘兵衛は、なるほどこれか、と思いつつあとに続いた。

まるで奉行所で働いていたことがあるかのような顔で、修馬はどんどん進んでゆく。庭に面した廊下に出、それを右へ行く。

「まずはここだな」

足をとめて修馬がいった。

「ここは与力《よりき》番所という」

板戸はあけ放されている。

「邪魔するよ」

修馬がのっそりと敷居を越えた。

そこでは数名の与力と挨拶《あいさつ》をかわしたが、与力たちはまずい物でも口にしているようなしかめ面での応対に終始した。

次に年寄《としより》同心詰所に向かった。ここには、経験は豊かだがもう外に出ることのなくなった同心たちがつめている。

ここでも似たような応対が待っていた。

修馬は廊下を戻って玄関に来た。

「しかし予期した以上だな」

勘兵衛はため息をついた。

「予期した通りだろうが。そんなに落ちこむことはない」

「しかし修馬、なぜこんなに詳しいんだ」

「すぐにわかる」

「そうか。——ところで、町方同心はどこにいるんだ」

「よし、さっそく案内しよう」

修馬は玄関を出て、再び石畳を歩きだした。着いたのは表門だった。

「ここだ」

修馬が指をさしたのは、門のなかだった。表門は長屋《ながや》門で、長屋には脇から入れるようにう入口がつけられている。

「邪魔するよ」

修馬が声をかけ、長屋に体を入れた。

そこは詰所になっており、多くの同心がいた。

修馬は、文机《ふづくえ》の前でなにやら調べ物をしているらしい同心たちが居並ぶところまでやってきた。

勘兵衛は稲葉《いなば》七十郎《しちじゅうろう》を捜したが、出かけているのか見当たらなかった。

「あれ、修馬じゃないか」

勘兵衛が声のほうを見やると、首を伸ばすようにしていたのは一人の若い同心だった。若いといっても、勘兵衛たちより二つか三つは上のように思えた。

文机の書類を閉じ、同心が立ちあがる。親しげに近づいてくる。

「ついに御徒目付《おかちめつけ》として登場か」

玄関先で会った同心とはちがい、いやな顔はしていない。むしろ歓迎する口ぶりだ。

「今日が初日か」

「そうだ」

「それでさっそくやってきたのか。こういってはなんだが、徒目付といえばどいつもこいつも薄気味悪いやつばかりだからな。これまで話す気も起きなかったが、修馬ならありがたい」

眼差《まなざ》しを転ずる。

「そちらの方も今日がはじめてかな。これまでお見かけしたことはないようだが」

すぐさま修馬が説明する。

「久岡勘兵衛どの……ふむ、きいたことがあるような気がするな」

しばらく思いだそうとつとめていたが、結局思い浮かばなかったようだ。

「ところで手塚《てづか》さん、例の件だが進んでいるのか」

「まだだ、すまぬ」

手塚と呼ばれた同心が謝った。気にしなくていい、というように修馬が肩を叩《たた》く。

「じゃあ手塚さん、これで。また来るよ」

「だが見まわりなんだろう。こんなのでいいのか」

「かまわんさ。仕事の邪魔をしては悪い」

修馬がにやっと笑って、体をひるがえした。

長屋門を出た修馬は急ぐでもなく道を歩いている。勘兵衛は追いつき、肩を並べた。

数寄屋橋《すきやばし》門を抜ける。

「おい修馬、例の件とは」

「ああ、それか」

修馬はかすかに顔をしかめた。

「まあ、いずれだ。そのうち話す」

「そうか。話したくないのなら無理にはきくまい」

「すまんな」

そのとき勘兵衛は、向こうから歩いてきた黒羽織《くろばおり》に気づいた。

「七十郎」

「あれ、久岡さんじゃないですか。こんなところでなにしているんです」

相変わらずの明るい声だ。うしろに中間《ちゅうげん》の清吉《せいきち》がついている。

勘兵衛は清吉に目礼を送ってから、目の前にある端整な顔を見つめた。

「今日が徒目付としての初仕事なんだ」

「話はきいていましたが、本当だったんですね。へえ、久岡さんが徒目付か。でもけっこうさまになってますね」

七十郎はしげしげと見つめてくる。

「では、見まわりに出たのですね」

「そういうことだ」

七十郎はにこっと笑った。

「いいですね。これで、力を合わせての探索がやりやすくなったというものですよ」

七十郎が修馬に向き直る。

「山内さんも今日が初日なんですか」

「そうだ」

「あれ、知り合いなのか」

「ええ、山内さんはこれまで何度も見えてますからね」

「例の件でか」

七十郎はおやっという顔をした。

「久岡さん、ご存じなんですか」

「おい勘兵衛、鎌《かま》をかけるんじゃない」

修馬がたしなめるように首を振る。目は笑っており、しょうがないな、といいたげだ。

「お二人で組んだのですか」

「ああ、飯沼さん、いやお頭の命でな」

「飯沼さんらしいですね、新入り同士を組ませるなんて」

「そうだな。あの人以外、こんなことをやらせる人はおらぬだろう」

勘兵衛は右手をあげた。

「じゃあな、七十郎。また来るよ」

「ええ、いつでもどうぞ。お二人なら歓迎しますよ」

三

市中を町廻《まちまわ》り同心のように見まわり、勘兵衛たちは日暮れ前に城に戻った。

詰所に行き、先輩たちに帰着の挨拶をした。もっとも、一人としてねぎらいの言葉をかけてくる者はない。

奥に行き、麟蔵の部屋を目指す。

襖越しに声をかけると、入れ、と返ってきた。

勘兵衛たちは麟蔵の前に正座した。

「どうだ、疲れたか」

「いえ、さほどでも」

にこりとして修馬が答える。

「頼もしいな」

麟蔵はまじめな顔でいい、文机に置かれた二冊の帳面を手渡してきた。

「日誌だ。今日一日なにをしていたか、詳《つまび》らかに書け。それがすんだら帰っていいぞ」

勘兵衛たちは詰所に戻ってから日誌に文字を書きこんだ。

その後、麟蔵に挨拶し、勘兵衛たちは城を出た。

堀沿いの道をしばらく歩いた。二人とも供はつけていない。この身軽さが勘兵衛にはありがたかった。

往きは八人の供を連れていたが、職掌柄、帰りがいつになるかわからないために七つ（午後四時）をすぎたら帰ってよし、と告げてあったのだ。実際、必要なら往きも供をつけなくてよし、と麟蔵にはいわれている。

　このあたりは、守秘すべきことが数多くある徒目付ならではだろう。供をつけずに歩ける。部屋住みの頃の気軽さが戻ってきたようで、汗にまみれて重くなった着物を脱ぎ捨てたような爽快《そうかい》さが今の勘兵衛にはある。

「なんだ勘兵衛、ずいぶん気分がよさそうだな」

「えっ、顔に出てるか」

　勘兵衛は頬《ほお》をぱんぱんと張り、それから今の心境を語った。

　修馬は深くうなずいてくれた。

「わかる気がするよ。どこに行こうと供がついてくる。部屋住みの気楽さを経験した者にはきつかっただろう」

「まったくだ。ところで修馬、番町《ばんちょう》のどのあたりに住んでいるんだ」

「表《おもて》二《に》番町《ばんちょう》通《どおり》だ。三年坂《さんねんざか》のそばだ」

「表六番へ登る坂だな」

「どうして三年坂というか、知っているか。——なんだ、知っている顔だな」

「そこで転ぶと三年以内に死ぬ、といわれているからだよな」

「ちがう。それは別の三年坂だ。番町の三年坂は昔、そこに三念寺という寺があったからだといわれている」

「えっ、そうなのか。知らなかった」

「まあ、どうでもよいことだ。勘兵衛はどこに」

「俺も表二番町だ。屋敷の西側を麴町《こうじまち》七丁目横町通《よこちょうどおり》が走っている」

「そうだったのか。それなら往き来は便利だな。一本で行ける」

麴町三丁目で修馬とはわかれた。

「じゃあ、また明日」

「ああ、明日」

一人になり、勘兵衛は深まりつつある闇《やみ》のなか足を急がせた。一刻もはやく帰って、美音《みね》たちを安心させてやりたい。

徒目付になるにあたり、家族には心配をかけた。勘兵衛が新しい職場になじめるか、そして徒目付という激務に耐えられるか、屋敷の誰もが気にかけてくれている。

屋敷に帰った勘兵衛は、まず義父と義母のもとへ向かった。久岡家は代々書院番をつとめてきた家だけに、この二人は勘兵衛の異動を望んでいなかった。

それを、つとめがあまりに退屈という自分勝手な理由から、職場を移してしまったことに勘兵衛は心からすまなさを覚えている。

「おう、帰ったか」

体を預けていた脇息《きょうそく》から離れ、義父の蔵之丞《くらのじょう》が身を乗りだす。勘兵衛の身を一心に案じていたらしい顔をしている。

「どうであった」

勘兵衛は今日一日のことを話した。

「やれそうか」

「はい、大丈夫です」

力強く断言した。

「でも勘兵衛、無理するなよ。体でもこわしたらたいへんだ。奉公がかなわなくなるのは、お上に対し最も不忠といえることだからな」

「承知いたしております」

「おなかはいかがです」

義母の鶴江《つるえ》がきく。

「とても空《す》いています」

「お多喜《たき》に用意させてあります。さっそく行かれるがよろしいでしょう」

「いえ、その前に――」

蔵之丞が微笑する。

「今日の話をする前に夕餉《ゆうげ》を先にしたのがばれたら、確かに怒ろうな」

一礼して勘兵衛は奥に向かった。

美音は廊下に出ていた。

「お帰りなさいませ」

両手をつき、深く頭を下げる。

「ああ、今帰った」

勘兵衛は座敷に入った。

「いかがでした」

畳に座りこんだ勘兵衛は、目の前に正座した妻に義父母にした話を繰り返した。

「では、なにごともなく」

「ああ、なんとか乗りきった」

「なんとかですか」

「さすがに初日だからな。義父上《ちちうえ》、義母上《ははうえ》には大丈夫といいきったが」

勘兵衛は修馬のことを話した。

「山内さまですか。なかなかおもしろそうなお方ですね」

「もともと部屋住みだからな、かなり苦労してきたようだ。きっとお互いやりやすくなると思う」

勘兵衛は座敷のなかに眼差しを走らせた。

「史奈《ふみな》は」

「寝ています」

美音は隣を指さした。

「えっ、もうか」

「起こしてはいけませんよ。今日は昼寝をしなかったので、もうぐっすりなのですから」

それでも襖をあけ、寝顔を見た。

すうすうと穏やかな寝息を立て、深い眠りのなかにいる。完全にはつむっていないまぶた、少し突きだすようにしている口、つややかな桃色に染められた頰、思わず抱き締めたくなる。

美音に似ているな、と勘兵衛は思った。美音のように美しく、健康に育ってくれることを勘兵衛は念じた。

「夕餉は」

うしろから美音がささやきかけてきた。

「いや、まだだ」

「では、お多喜のところに行ってあげてください。お多喜も首を長くしてお越しを待っているはずです」

勘兵衛がいつも食事をしている座敷に入ると、お多喜が走り寄ってきた。太っているせいもあり、まるで樽《たる》がどすどすと駆けてきたようだ。

「お帰りなさいませ」

頭を突っこませそうな勢いで、畳に両手をつく。

「いかがでございました」

勘兵衛は三たび話した。

「では、つつがなく」

「そういうことだ。お多喜、はやく飯にしてくれ。腹が減って倒れそうだ」

鰺《あじ》の塩焼きにわかめの味噌汁《みそしる》、それに豆腐がおかずだった。あとはお多喜自慢の漬物である。

「なんだ、豪勢だな」

「初日ということで、美音さまから奮発してくれるよう頼まれまして。お味噌汁は美音さま自らおつくりになったものですよ」

「ほう、そうか」

勘兵衛はじっくりと味わった。よくだしがきいており、たくさん入っているわかめも新鮮で、実にうまかった。

「美音も腕をあげたのではないか」

「それはもう。勘兵衛さま、いったい誰が師匠をつとめているとお思いです」

「そうか。……あとは体が似んことを祈るばかりだな」

勘兵衛はぼそりとつぶやいた。

「今なんとおっしゃいました」

見ると、お多喜が目を三角にしている。

「あれ、きこえたか。いや、いつもの冗談だ。忘れてくれ」

「まったく、口の悪さだけは部屋住みの頃とお変わりないのだから」

お多喜がぶつぶついう。

「ああ、頭の大きさもそういえば変わらないわ。口の悪さがなくなれば、頭も小さくなるのかしら。いえ、そんなことがあるはずないわね」

「おいお多喜、きこえているぞ」

「当たり前です。きこえるように申しているのですから」

四

「おい勘兵衛、一つきいていいか。ずっと気にかかっていたんだ」

修馬が声をひそめていった。大玄関に麟蔵の姿はまだないが、まわりには先輩たちがずらりと顔をそろえている。

「あのさ、どうして頭がそんなにでっかいんだ」

幼い子供のような他意のなさが感じられ、勘兵衛は笑いをこぼした。

「ずいぶん単刀直入なきき方だな」

「や、気にしているのか」

「いや、子供の頃からさんざんいわれ続けてきたからな、いちいち気になどしておられんよ。ふむ、ま、これぱかりは生まれつきだからな、仕方がないと答えるしかない。どうしてこうなった、ときかれても答えに窮する」

「勘兵衛、兄弟はいるのか」

「兄がいるが、こんなに大きくはない。父もふつうだった。ついでにいえば、一族の者にもおらぬ」

「ふーん、おぬしだけか。なるほど、人というのは不思議なものだな。これだけ巨大なのを持つ者が突然あらわれるのだから。――なにか得をしたことがあるか」

「いや、さっぱりないな」

「重たいか」

「いや、重さを感じたことはないんだ。生まれてからずっとこれだから、慣れたんだろう。急にこの頭をもらったんなら、重く感ずるかもしれんが」

「ふむ、道理だな。肩が凝ったり、歩きにくかったりすることはないか」

勘兵衛は黙りこんだ。

「すまん、しつこかったか」

ちがう、とばかりに勘兵衛は首を振った。修馬も気づき、唇を引き締めた。

廊下を麟蔵がやってきた。

「なんだ、二人でなにを話していた」

修馬が正直に話した。

「ふむ、勘兵衛の頭の大きさか。確かに江戸広しといえども、これだけのおつむを持つ者は滅多におるまい。あるいは日本一かもしれんな」

「日本一ですか」

修馬が感嘆の声をあげる。

「かもしれん、ということだ。決まったわけではない」

麟蔵はにべもなくいって眼差しを転じた。

大玄関を白髪がやけに目立つ男が入ってきた。うしろに多くの家臣がぞろぞろと続いている。

麟蔵が一歩、二歩と歩み出る。

「おう、飯沼」

男が気軽に手をあげる。

「二人ともこっちに来なさい」

　麟蔵に手招かれ、勘兵衛と修馬は男の前に出た。

「こちらが久岡勘兵衛、こちらが山内修馬でございます」

　麟蔵が紹介する。勘兵衛たちはそろって頭を下げた。

　目の前にいるのは、目付の崎山伯耆守《さきやまほうきのかみ》だ。麟蔵の差配役に当たる人で、どうやら新入りの顔を見たがったらしい。四千五百石の大身《たいしん》で、歳は四十三ときいている。ほとんど白髪だけの頭を見るともっといっているように感じられるが、ゆったりとした身ごなしからは、逆に目端《めはし》がかなり利きそうな印象を勘兵衛は受けた。

「昨日はどうであった」

　勘兵衛に話しかけてきた。

　またか、と一瞬そんな思いが脳裏を駆け抜けていったが、なんとかこなせた旨を勘兵衛は伯耆守に告げた。

「それは重畳《ちょうじょう》」

　同じことを修馬にもきく。修馬も似たような答えを返した。

「それにしても久岡」

　伯耆守は興味津々といった顔をしている。

「話にはきいていたが、でかい頭じゃな。さわらせてもらっていいか」

「はあ」

勘兵衛は麟蔵を見た。麟蔵は笑いを押し殺したような顔でうなずいてみせた。横で修馬も笑いをこらえている。

修馬をにらみつけておいてから勘兵衛は仕方なくこうべを垂れ、首を伸ばした。

どれ。伯耆守が触れる。

「なるほど、こぶとかそういうものではないのだな。ちゃんと骨もある。生まれつきなのだな、久岡」

「はい」

先ほどの修馬のように質問攻めにされそうな気がし、勘兵衛は先手を打った。

「兄も父も、一族にもこのような頭を持つ者はおりませぬ。先祖にも、いたという話はきいておりませぬ」

「そうか」

伯耆守は快活に笑った。

「それなら一人だけということか。江戸広しといえども、これだけの頭を持つ者はおるまい。久岡、大事にしろよ」

「承知いたしました」

「勘兵衛、お気に入られたようだぞ」

鱗蔵がいう。

「伯耆守さまはこう見えてもなかなかかたいお人でな、歯を見せて笑われるなど滅多にないのだ。わしも、一年ぶりに見た心持ちがする」

「飯沼、そんなことを申すと、わしがいつもしかつめらしくしているようにきこえるではないか」

「は、申しわけございませぬ」

「なんとも気持ちの入っておらぬ言葉だな」

伯耆守が苦笑を頰に浮かべた。

「よし飯沼、今日は城内巡視を行う。四半刻《しはんとき》(約三十分)後、またここで会おう」

家臣を引き連れた伯耆守は悠々とした足取りで、奥へと歩き去っていった。

「伯耆守さまはどちらへ行かれたのです」

修馬が問う。

「お目付部屋だ。そこはご老中《ろうじゅう》といえども立ち入ることは許されておらぬ。ただし、我らは許されておるぞ。喜べ、修馬」

鱗蔵が声を低めた。

「伯耆守さまが我らの差配役というのは、正直喜ぶべきことだ。お目付といえば、町奉行、遠国《おんごく》奉行、さらには望み次第では大《おお》目付にもなれようという地位だ。伯耆守さまは、しかし出世はお望みになっておらぬ。お目付であれだけ明朗なお方も珍しいぞ」

四半刻後、勘兵衛たちは伯耆守のうしろにつき、江戸城内を歩きはじめた。

最初に伯耆守が向かったのは、大手《おおて》門だった。

江戸城における最重要といえる門だけにもっと大きな門であってもいい気がするが、少数の敵すら通さないという意味ではこれで十分なのだろう。

大手門は戦時となれば先鋒《せんぽう》をつとめる大番衆《おおばんしゅう》がかためているが、この警衛の士たちにゆるみは感じられなかった。

伯耆守は満足したようにその場をあとにした。次に足を向けたのは、坂下《さかした》門だった。

ここは勘兵衛の元同僚である書院番がかためていた。

よく見たが、別の組の者が番をしているようで知った顔はいなかった。そのことに、なぜか勘兵衛はほっとするものを覚えた。

ここでも警衛の士たちは引き締まった顔を見せており、気持ちが強弓《つよゆみ》の弦《つる》のように張っているのがわかった。

「油断はないようだな」

伯耆守が麟蔵に笑いかける。

「どこもまじめに励んでおる」

それをきいて修馬が勘兵衛に歩み寄ってきた。そっと耳元にささやきかける。

「どうだかな。ご老中にさえ摘発の目を向けるお目付が見えたとなれば、誰だって緊張せざるを得ぬ。伯耆守さまが立ち去られたとき、あの者たちが今と同じようにできていられるか、俺にははなはだ疑問だな」

同感だったが勘兵衛は大あわてで首を振り、顎をしゃくった。その先には麟蔵の背中がある。

修馬には通じなかったらしく、なんだといわんばかりの顔つきをしている。

伯耆守は坂下門の脇に立ち、蛤堀《はまぐりぼり》をはさんで見えている蓮池巽櫓《はすいけたつみやぐら》や蓮池二重櫓を眺めている。

その後、伯耆守は内桜田門を視察した。

「よし飯沼、今日はここまでにしておくか。次はまた別のところにしよう」

「承知いたしました」

「では飯沼、これでな」

麟蔵にしたがい、勘兵衛たちも深々と辞儀をして伯耆守を見送った。

勘兵衛は肩から力を抜いた。空を見あげる。三ヶ所をまわったにすぎないが、たっぷりとときをかけただけあって、秋の太陽はとうに中天をすぎている。刻限は九つ（正午）をまわっており、勘兵衛は腹が空いていた。

城内とはいえ外の大気に触れられるだけいいが、目付のあとにしたがって歩くというのは気疲れがひどく、これでは書院番以上のきつさだな、と正直勘兵衛は思った。

横で修馬もげんなりした顔つきだ。

「おい、修馬」

麟蔵が近づいてきた。

「おまえな、つまらぬことをいっているんじゃないぞ。あの程度のこと、伯耆守さまだって承知しておられる。今後あのようなことは口にするな」

「はい。申しわけありませんでした」

麟蔵がさっさと歩きだす。

修馬は驚きに目をみはったまま足を動かせずにいる。

「本当にきこえていたのか」

「だからいっただろうが」

「しかし、予期していた以上だな。俺もあんな耳がほしいぞ、勘兵衛。あればきっと徒目付頭になれる」

五

しばらくそうした退屈な日常が続いた。

徒目付として七日がすぎ、ようやく非番の日がめぐってきた。

朝起きようとして、今日はつとめに行かなくていいと気づき、勘兵衛は幸福な思いに包まれた。

体が弛緩《しかん》するのを感じ、勘兵衛は再び目を閉じた。

また目が覚めたとき、体がすっきりしているのがわかった。たっぷり寝て、すっかり疲れが取れている。

伸びをしながら身を起こし、まわりを見渡す。

横に寝ていたはずの美音の姿はなく、勘兵衛だけが座敷のなかに夜具とともにぽつんと残されていた。

日もすでに高くなっているようで、左手の腰障子に当たる陽射しは秋が深まりつつあるとはいえ、かなり強いものになっている。風があるらしく、庭の木々が揺れ動くのが影となって見えていた。

庭に面した廊下に人影が映り、ひざまずいた。すっと腰障子がひらく。

「お目覚めですか」

美音がにっこり笑う。

「ぐっすり休まれていたので、起こさずにおりました」

「ありがとう」

「お食事の支度ができております」

空腹だ。立ちあがった勘兵衛はまず厠《かわや》へ行き、小用を足した。顔を洗い、歯も磨いた。その上で居間に赴いた。美音とお多喜の給仕で朝餉《あさげ》と昼餉《ひるげ》の中間のような食事をとった。

その後胃の腑《ふ》が落ち着いたのを見計らって庭に出、しばらく手にしていなかった木刀を振って汗を流した。

井戸で水を頭からかぶり、美音が渡してくれた手ぬぐいで体を拭《ふ》いた。さっぱりとし、体のなかから元気がわいてきた。

「顔色も戻ったようですね」

美音が笑いかけてくる。

「そんなにひどい顔をしていたか」

「それはもう。移ったことを後悔されているようにも見えました」

「よその仕事がおもしろく見える。これはどこに移っても変わらぬのだろう。でも、だいぶ慣れたからな、明日からは美音に心配をかけることもあるまい」

「でも、疲れをお隠しになってはいやですよ。ほかの人は知らず、私の前では我慢など決してしないでくださいね」

美音を妻にできて俺は本当に幸せな男だ、と勘兵衛は思った。一緒になる前、今はこの世に亡い美音の兄蔵之介《くらのすけ》がいっていた言葉を思いだした。

『好きでもない男に嫁いであいつが幸せになれるとは思えぬ。俺は、あいつに最もふさわしい相手はおぬしだと思っている……』

勘兵衛は、今も蔵之介が見守ってくれているような気がして、空を見あげた。

雲一つない空は澄み渡り、青がいつになく濃い。乾いた風が吹き抜けてゆくなか、中天をややすぎたところに位置する太陽は、夏の獰猛《どうもう》さを今になって恥じているかのようなやわらかな陽射しを送ってきている。

誰か庭をやってくる気配を感じ、勘兵衛は目を戻した。

早足で近づいてきたのは、ふだん勘兵衛の供をつとめている滝蔵《たきぞう》だ。

「殿、お客さまです」

頭をよぎったのは、麟蔵からの急な使いだった。

しかしちがった。滝蔵が口にしたのは、別の人物からの使いだった。

噂《うわさ》にはきいていたが、佐々木《ささき》屋敷の庭は思っていた以上に立派だった。

中央には広い泉水が設けられ、その中央には小高い浮島がつくられている。半円を描くような橋が三つあり、どこからでも泉水を渡れるようになっている。右手の深い木々は小鳥たちの格好の住まいになっているようで、屈託のなさを感じさせる明るいさえずりが響いてくる。規則正しい鹿威《ししおど》しの音も押しつけがましさはなく、気持ちを穏やかなものにしてくれる。

勘兵衛はだされた茶を手にし、そっと口に運んだ。甘みと苦みが同時にあふれ、ああいい茶葉をつかっているな、と思った。喉越《のどご》しが抜群によく、胃の腑へ滑り落ちていったあとも口中にさわやかさが残っている。

さすがは書院番組頭で、こんなにうまい茶は久しぶりに飲んだ気がする。

左の襖の向こうに人が立った気配がした。勘兵衛は湯飲みを置き、姿勢を正した。

「失礼するぞ」

襖があき、佐々木隆右衛門《りゅうえもん》が入ってきた。

つい半月ほど前まで直属の上役だった。昔は相当女に騒がれたといわれる端整な顔が、懐かしく感じられる。評判の剣の腕前を裏づけるようながっしりとした体軀《たいく》にも変わりはないが、顔色が少し悪いだろうか。

しかし、それとても気にするほどのものではなく、寝不足程度のものではないか。

勘兵衛は畳に両手をそろえ、深く頭を下げた。

「ご無沙汰《ぶさた》しております」

「いや久岡、そんなに堅苦しくせずともよい。気楽にしてくれ」

穏やかな声が背中にかかる。

「非番のところをすまなかったな。わしも非番でちょうどいいと思ったものだから」

隆右衛門は正座しかけていたが、あっという顔をすると、立ちあがった。

「すまぬ、久岡。一つ失念していたことがあった。ちょっと来てくれぬか」

隆右衛門についてゆくと、廊下の右手の部屋に招き入れられた。

その部屋は六畳間で、奥に仏壇がまつられていた。

正座した隆右衛門は仏壇の扉をひらき、ろうそくを灯《とも》して線香に火をつけた。手のひらを合わせ、目を閉じる。

勘兵衛は隆右衛門のうしろに正座し、誰の仏壇なのかを見た。

位牌《いはい》には女らしい戒名が記されているようだが、薄暗くてなんと書かれているのかはわからなかった。

手をおろした隆右衛門がゆっくり振り向く。

「線香をあげてやってくれるか」

勘兵衛は、横へどいた隆右衛門に代わって線香に火をつけ、両手を合わせた。

一礼して勘兵衛がうしろに下がると、隆右衛門はありがとうといった。

「二年前病死した娘なんだ。いつも欠かさず手を合わせていたのに、今日はほかのことに気を取られていた。娘も怒っているであろうな」

勘兵衛は隆右衛門の娘とは面識がなかったが、病死のことは知っていた。隆右衛門がとても大切にしていた長女であることも、元の同僚たちからきかされていた。

「娘御の御名は」

意外そうに隆右衛門が見つめてきた。

「知らなかったのか」

「申しわけございません」

「里香《さとか》という」

「さとかどのですか」

隆右衛門はどういう字を当てるのかも教えてくれた。

「幼い頃は病気がちで、わしたちも覚悟をしつつ育ててきたんだ。それがいいほうにはずれてくれてな、気立てのいい娘に成長してくれたのだ。それが一転……」

高ぶったものがあったらしい隆右衛門が言葉を途切れさせる。

「すまぬ。あまりに急なできごとでな、いまだに心の整理がついておらぬ」

その気持ちは勘兵衛にはわからないでもない。いや、はっきりと感じ取れる。

もし史奈が死んでしまったら。

勘兵衛の心にあいた空虚な穴は、おそらくどんなに長いときがたったところで埋まることはあるまい。

「すまぬな。話が湿っぽくなってしまった……。座敷に戻ろう」

腰を落ち着けた二人は黙って庭を眺めていた。新しい茶がいれられており、隆右衛門が勧めてきた。

勘兵衛は遠慮なくいただいた。

「おいしいお茶ですね」

「そうだろう。知行地《ちぎょうち》に茶づくりの名人がいてな、みんなに教えさせている。もっととれるようになったらいずれ売りだすつもりでいる。久岡、買ってくれるか」

さすがに三千石の大身だけに、いうことがちがう。

「喜んで」

隆右衛門が笑みを浮かべる。気づいたように真剣な表情に戻した。

「つとめのほうはどうだ」

「おかげさまにて、なんとか」

「きついだろう。書院番に戻りたいとは思わぬか」

「佐々木さまの下にいたことをしきりに思いだしますが、このままなんとかやっていけるものと」

「そうであろうな。あの飯沼どのが望んだ男だ。そんなに簡単にやめられては、飯沼どのも面目を失ってしまうだろうし。ま、おぬしなら立派にやってゆけるさ。このわしが請け合う」

ありがとうございます。勘兵衛は気にかけてくれていたことに、心から感謝した。

「ところで今日呼んだのは、頼みがあるからだ」

本題に入ったのを勘兵衛はさとった。

「どのようなことでしょう」

間を置くように隆右衛門が茶を喫する。

「里香の下の娘なんだが、人を介して縁談が持ちこまれた。でだ、是非久岡にその相手のことを調べてもらいたいのだ」

「はあ」

「そんないぶかしげな顔をしてくれるな」

勘兵衛はあわてて顔を引き締めた。

「とにかく、人を調べることは徒目付ならお手の物だろう。相手に関してはなにが悪いということではなく、なんとなく心に引っかかりを覚える程度のものなんだが、放《ほう》っておく気にはどうにもなれなくてな、おぬしに来てもらったというわけだ」

勘兵衛はさすがに即答できない。これは徒目付がやるべきことではないという気がしている。

しかし元上役というつながりがある以上、あっさり断るわけにもいかない。

「どうだ久岡、やってくれぬか」

勘兵衛はそっと息をついた。

「それがしがこの場でお答えできることではないように存じます。明日お頭にうかがってから、ご返事をいたします。お許しが出れば、すぐに取りかからせていただきます」

「それでよい」

隆右衛門はうなずいた。

「ところでおぬし、美音どのをめとったときのことを覚えているか」

唐突に問われ、勘兵衛は面食らった。

「はい、よく覚えております」

「恋女房らしいな」

旗本らしからぬいい方だったが、その通りです、と勘兵衛は素直にうなずいた。

「蔵之介は」

隆右衛門が面影を目の前に引き寄せるように口にする。

「なんでも、降るようにあった美音どのの縁談すべて、おぬしのために断ったそうだな。美音どのは気立てがよい上にとても美しいらしいな。ふむ、実に幸運な男よ」

勘兵衛を見ず、隆右衛門は庭のほうへ目を向けている。気づいたように勘兵衛に戻した。

「ふむ、わざわざすまなかったな。では、返事を待っておる」

六

翌日出仕した勘兵衛はすぐに麟蔵のもとへ行った。

目の前に座ると、麟蔵が目を光らせた。

「ふむ、疲れが取れた顔をしておるな。最初ということもあるのだろうが、つとめは厳しいか」

「はあ、楽とは申せませぬ」

「相変わらず正直だな。引き抜いて悪かったか」

「滅相もない。これから本領を発揮できるものと信じておりますから」

「わしもそれを望んでおまえに来てもらった。——朝からどうした」

勘兵衛は隆右衛門のことを話した。

「そんなことを頼まれたのか」

麟蔵は顔をしかめた。

「断れ。縁談相手を調べるなど、徒目付の仕事ではない。勘兵衛、そんなことはわしにきかず自分から断れ」

きつい目をしたが、すぐにやわらげた。

「まあ、元上役ということで断りづらいのは事実だな。今回は大目に見ておく。今すぐ断りを入れてこい」

勘兵衛は書院番の詰所である紅葉《もみじ》之間のそばに行き、ちょうど詰所に入ろうとしていた元の同僚に隆右衛門を呼んでくれるよう頼んだ。

廊下に出てきた隆右衛門に勘兵衛は断りの返事をした。隆右衛門は残念そうにしたが、仕方あるまい、と納得してくれた。

一礼してその場を離れた勘兵衛は詰所に戻り、麟蔵の訓辞を先輩たちとともに受けた。

勘兵衛と修馬は、午前は城内の要所をめぐるようにいわれ、午後からは市中見まわりに出るように、との指示があった。

勘兵衛たちは二人で大玄関を出た。

「城内の要所ってどこへ行けばいいんだ」

修馬が小声できく。

「お頭にききたかったのだが、そんなこともわからぬのかと叱《しか》られそうで、きけなかった」

「お頭は一見怖そうだが、わからぬことをきかぬほうが怒ると思うぞ」

「でも今さら戻れぬしな」

「要所というのだから、門とか橋、櫓でいいだろう。つめている者に懈怠《けたい》がないか、それを見れば」

「でも、怠けている者を見つけたらどうすればいいのかな。まさかひっとらえるわけにもいかんだろうし」

「とりあえず注意を与えればよかろう。それにいくら我々が新入りといえども、徒目付があらわれたとあれば、すぐに姿勢をあらためるさ」

二人で呉服橋門《ごふくばし》や常盤橋門《ときわばし》、神田橋門《かんだばし》、平川門《ひらかわ》、竹橋門《たけばし》などを次々にめぐった。

「しかし勘兵衛、おもしろいな」

外桜田門に向かって歩いているとき、修馬がいった。

「我らが来ると、それまでゆるんでいた者たちが背筋をぴんと伸ばして、いかにも一所懸命働いてますといわんばかりにする。なにか自分がえらくなった気分になる」

「しかし怠けているのは、すべての者といっていいな。あれでは、懈怠を理由にとらえるなどできることではない」

「牢《ろう》はすぐにあふれてしまうな」

「ゆるむ気持ちはわかるよ。だってなにも起きぬのだから」

「なんだ、ずいぶん実感がこもっているではないか」

修馬がじろじろ見てきた。

「書院番も退屈だったか」

「大きな声ではいえぬが……。詰所に正座するたび、いつもどこかへ逃げだしたいような気分になっていた」

「では、徒目付になれたのは渡りに船だったのか」

「そういうことになる。しかし、まさか腐ったものでも見るような目をされるとは思わなんだ」

「耐えられぬか」

「いや、それはない。これまでも、お頭の孤独はそれなりに見せられてきたからな。俺にも心得はあった。白い目にも追々慣れてゆくさ」

「その調子だ。……ときに勘兵衛、腹が減ったな」

「ああ。どこかで腹ごしらえをせんとな」

「いい店がある。案内しよう」

勘兵衛たちは外桜田門を抜け、東海道《とうかいどう》筋へと向かった。

大名屋敷が建ち並んでいた道をすぎ、建物が小さくなると、町は急ににぎわいはじめた。それまで道はひっそりとして侍以外歩く者はほとんどいなかったのに、どこからこんなに出てきたのかと思えるほど町人《ちょうにん》たちであふれだしている。

行きかう町人たちは勘兵衛たちに突き当たるようなこともなく、すいすいとよけていく。

「ほら、あそこだ」

修馬が指さす先には、ちっぽけな稲荷《いなり》があった。その横に一膳飯屋《いちぜんめしや》らしい店が建っている。飯、と書かれた幟《のぼり》があたたかみを含んだ風に揺れている。

店の前まで来て、店というより掘っ立て小屋といったほうがいいつくりなのがわかった。

勘兵衛は、軒の上にかろうじてぶらさがっているような看板を見あげた。それには『吉勝《よしかつ》』と記されている。

「うまいのか」

「わかるだろ」

道にだされた五つの縁台すべてに客が腰かけ、飯を食っている。いずれもむさぼるような食べ方をしていた。

「唾がわいてきたな」

「いいぞ、勘兵衛。こういう店に偏見はないみたいだな」

「当たり前だ。俺だって元は部屋住みだ。慣れているとはさすがにいわぬが、臆《おく》することはない」

「よし、その意気だ」

縁台のそばを縫うようにして進み、修馬が暖簾《のれん》を払った。

いらっしゃい。威勢のいい声が勘兵衛の耳を打った。

「おや山内さま、ずいぶんと久しぶりじゃないですか」

「おう、親父《おやじ》。元気そうだな」

ごま塩頭の親父が鉢巻を取りながら厨房《ちゆうぼう》を出てきた。

「元造《げんぞう》親分がどうされたのか、だいぶ気にしてましたよ」

「久しく会っておらぬが、元気にしているのか」

「それがそうでもないんで」

「どうして」

「いや、まあ、いろいろあるみたいですよ」

親父に先導されて勘兵衛たちは奥の畳敷きの間に座を占めた。

「賭場《とば》がうまくいってないとか」

「それはあるんじゃないですかねえ。山内さまが見えたら必ずつなぎを取るようにいわれているんですが、今かまわないですか」

「ああ」

「親分もお屋敷に使いを走らせるわけにはいかず、だいぶ弱ってるようでしたから。では、さっそく行かせます」

親父が厨房に戻ろうとした。

「その前に親父、注文を取っていけ」

「そうでしたね。なんにいたしやしょう」

「そうだな。おでんがいいな。適当に見つくろって持ってきてくれ。飯に漬物も頼む。

勘兵衛もそれでいいな」

「ああ」

頭を下げて親父が去っていった。

「なんだ、ききたそうな顔だな。元造親分のことか」

「そうだ。賭場というと、やくざ者だな。そんなのともつき合いがあるのか」

「そこまでいわれるほど悪人じゃないぜ。情に厚いいい親分だ。慕う子分どもの多さがその証《あかし》だな」

「世話になったことがあるみたいだな」

「賭場の用心棒をつとめたことがある」

「なに、本当か」

「ああ、本当だとも。これはお頭もご存じだぜ。兄が殺され、お頭に呼ばれたとき、正直に話したからな」

勘兵衛は笑った。

「なんだ、なにがおかしい」

「お頭は喜んだろう。そういう風変わりな者が大好きだからな」

「風変わりか。俺は自分をそんなふうに思ったことは一度もないぞ」

「しかし賭場の用心棒か。長いことやっていたのか」

「三年ほどか」

「乱闘になったことは」

「一度や二度ではないさ。博打《ばくち》に負けた男はたいてい気を荒立たせているからな。けれど、手荒なことはあまりせず、いつも穏便にすませたよ」

おでんを持って親父がやってきた。

「使いを走らせましたから、おっつけ親分から返事があるでしょう」

「わかった」

あるじが去ったあと、勘兵衛はふうふういいながら食べはじめた。

「へえ、こりゃうまいな」

「だろう。なんでも、今の親父のおじいさんがおでんの名人で、その味をずっと守り続けてきているそうだからな」

「三代続いた味か。なるほどな」

勘兵衛は卵にかぶりつき、飯をがぶりとやった。

「満足してくれたようだな」

箸《はし》を置き、茶を喫している勘兵衛に修馬がきく。

「ああ、また来たい」

「ほかにもいい店はあるぞ」

「それなら、毎日いろんな店に連れていってくれ」

「俺がこれまで苦労して見つけだした店を簡単に教えると思うか」

「教えるだろ。人がうまそうに食っているのを喜ぶたちのようだから」

「見抜かれたか」

修馬が笑いながら茶を飲み干したとき、激しく暖簾を払って走りこんできた若者がいた。店内に険しい眼差しを走らせ、修馬を見つけると、大きく息をついて近づいてきた。

「山内さん」

「おう、源太《げんた》じゃねえか。どうした、血相を変えて」

「たいへんなんですよ」

源太と呼ばれた若者は修馬の耳に口を寄せた。

「困っているとはきいていたが、そこまで追いこまれているのか」

つぶやくようにいって修馬がちらりと勘兵衛を見た。すぐに源太にささやき返す。源太は勘兵衛の頭に目をやり、わかりやした、とうなずいて外へ出ていった。

「なんだ、厄介ごとか」

「まあ、そんなもんだ」

修馬が立ちあがった。勘兵衛が自分の分の代金を払おうとすると、ここはいい、と修馬がおごってくれた。

「なんだ、すまんな。いい店を教えてもらった上に持ってもらうなんて」

「かまわぬ。安いものだ」

道に出てしばらくしたとき、修馬が立ちどまった。

「勘兵衛、ちょっと頼みがあるんだが、いいか」

「さっきの厄介ごとか」

「そうだ。一緒に来てくれ」

「組んでいる以上一緒には行くが、どういうことかまずは説明しろ」

「ちょっと待ってくれ。着いたら話す」

「着いたらなのか」

「それもわけはいえぬ。勘兵衛、このまま黙ってついてきてほしいんだ」

修馬の真剣な顔に圧され、勘兵衛は口を閉ざすしかなかった。

七

途中、源太がやってきて、なにか風呂敷包みを修馬に渡していったが、またどこかへ走り去っていった。

風呂敷の中身がなにか勘兵衛は知りたかったが、修馬に話しだす雰囲気はない。

それからけっこう歩いた。江戸でも郊外といっていい場所に出つつある。

勘兵衛の覚えが正しければ、ここは中目黒村《なかめぐろむら》付近だろう。それも下《しも》目黒村との境が近いあたりだ。

修馬はある原っぱの手前の林で足をとめた。そのまま透かすように原っぱを見ている。

夕方が近くなって、やや薄闇らしいものがおりてきているなか、人影がぱらぱらと動いている。いや、相当の人数で、おそらく五十人ではきかない。

「おい勘兵衛、これをかぶれ」

風呂敷包みをといた修馬が手渡してきたのは頭巾《ずきん》だった。いや、頭巾のような物といったほうが正しく、袋の形をしている。

「どうしてこんな物を。修馬、説明しろ」

「だって顔をだすわけにはいかんだろう」

「どういうことだ」

「いいからかぶれ」

勘兵衛から頭巾をひったくるようにした修馬が無理にかぶそうとする。

「くそ、でかいな。でかすぎるぞ。源太のやつ、大きいのを用意しろっていったのに、甘く見やがったな」

勘兵衛は腕を振り払った。

「説明しろっ」

さすがに語気を荒らげた。

「出入りだ」

「出入りってやくざのか」

「ああ。勘兵衛に敵の用心棒を倒してほしいんだ」

「なんだと」

「むろん殺す必要はない。峰打ちで戦えなくしてくれればいい」

「できるわけがなかろう」

勘兵衛は憤然として帰ろうとしたが、腕をつかまれた。

「放せっ」

「放さんっ」

修馬は懇願の表情だ。

「頼む、勘兵衛。ここで帰られたら、元造一家の負けだ」

「知ったことか。おぬしがやればいいだろうが」

「いや、それがな、相手にすごい遣い手がいるらしいんだ。そいつだけにやられて、これまでの二度の出入りはこてんぱんにされたそうだ。話をきく限り、とても俺では太刀《た ち》打《う》ちできぬ」

すごい遣い手、ときいて、血がじわりとわき立つような感覚に勘兵衛はとらわれた。

「おっ、やる気になってくれたか」

「馬鹿をいうな」

そうはいったものの、声が小さくなったのを勘兵衛自身、感じた。

「頼む、勘兵衛。この通りだ。用心棒を打ち倒せるのは勘兵衛しかおらぬ」

「その用心棒というのは、どのくらい遣うんだ」

「わからぬ。だが、元造一家が束になっても勝てぬのは事実だ」

「元造一家に用心棒はおらぬのか」

「三人いたらしいが、さんざんに叩きのめされて逃げだしてしまったそうだ」

「三人も逃げだしたか」

「おっ、目の輝きが変わってきたな」

勘兵衛はどうしようか迷った。

「下目黒村には目黒不動《ふどう》や大鳥《おおとり》大明神があったり、かなりにぎわっているだろ。それを目当てに元造は賭場をいくつか持っているんだが、今度負けたら、このあたりを追いだされてしまうようなんだ。俺としては、この危機をなんとか救ってやりたい」

わかった、と勘兵衛はいった。

「いいか、修馬。今回限りだ。次はないぞ」

「おう勘兵衛、助かる」

修馬が喜色をあらわにする。その顔を見て、勘兵衛はやる気が出てきた。

頭巾をかぶった修馬が走りだす。勘兵衛も苦労して頭巾をかぶり、あとを追った。

勘兵衛たちは原っぱに足を踏み入れた。

そこではやくざ者どもが二つにわかれてにらみ合っていた。向こうの一手は三十人ばかり、こちらは二十人を切るくらいか。いずれも長脇差《ながわきざし》を手にしている。竹槍《たけやり》を抱えている者も何人かいた。

「あっ、親分」

源太という若者がこちらを指さした。

「ああ、来てくれたな」

白髪まじりの大男がうれしそうにいったのが勘兵衛の耳に届く。

源太が修馬に駆け寄ってきた。修馬は羽織を脱ぎ、源太に手渡した。勘兵衛もそれにならう。

「どいつだ」

勘兵衛は源太にきいたが、別に捜すまでもなかった。

一人別格といえる存在を示している者がいた。長身で両肩が張っており、腰がどっしりと落ちている。刀の柄《つか》に右手を置いた姿からは隙《すき》というものが見いだせない。

思っていた以上だな。

勘兵衛は心中でつぶやいた。

「勘兵衛、どうだ。やれるか」

「まかせておけ」

元造らしい男が寄ってきた。

「すまん、山内さん。造作をかける」

「気にするな。今日はやつらを叩きのめしてやる。助《すけ》っ人《と》を連れてきた」

「あの、お名は」

「きくな、元造」

「さいでしたね」

「腕は信じろ。あの用心棒を必ず倒してくれる」

元造の顔が輝く。

「もうはじめるのか」

「ええ、じきですよ」

やがて潮が満ちるようにお互いの感情が高まってゆき、原っぱは殺気に覆われた。

「おい、本当に殺し合うのか」

勘兵衛は修馬にきいた。

「まさか、本気で命のやりとりができるものか。長脇差や竹槍を持ってはいるが、お互い殴り合うみたいなものさ。殺し合いになったら、さすがに町奉行所だって黙っておらぬし。用心棒の腕次第で勝負は決まる。だから、腕のいい用心棒を持つことに血道をあげるのさ」

かかれっ。向こうの親分らしいでっぷりと太った男が大声を発し、手を振った。おう。鬨《とき》の声が響き渡り、相手方が殺到してきた。

元造も負けずに、行けっ、と怒鳴った。子分たちが前へ出てゆく。

「山内さん、頼みますよ」

振り返った元造が必死の顔で頼みこむ。

「まかせておけ」

修馬が腰を落とし、刀を抜く。

「やるぞ、勘兵衛」

他者にはきこえない声でささやきかけてくる。

うむ。勘兵衛はうなずきを返し、柄に触れた。

相手の用心棒は右手にいる。まだ戦いには加わっていない。瞬《まばた》きのない目でじっと勘兵衛を見つめていた。

やくざ者たちが原っぱのまんなかでぶつかり合った。

修馬のいう通りで、お互い最初から腰が引けている。長脇差を振るったり、竹槍を突きだしてはいるが、それが相手に届くことはほとんどない。これなら死者など出ようがなかった。子供の喧嘩《けんか》のほうが相手にむしゃぶりついてゆく分、度胸があるといえた。

その戦いともいえない輪の縁をめぐるように用心棒が歩いてきた。勘兵衛を目指している。すでに刀の鯉口《こいぐち》を切っていた。

居合《いあい》か、と勘兵衛は直感した。

勘兵衛は刀を抜き、歩きだした。二間《けん》（約三・六メートル）ほどをへだてて用心棒と対した。

黒々とした瞳にはこの稼業を長く続けてきた鋭い光が宿っているが、意外に頬がふっくらとし、どことなく人のよさを覚えさせる。

「おい、きさま」

低い声で勘兵衛に呼びかけてきた。

「なんだ、その頭巾みたいなのは。取れ」

「ちょっとした事情があるんだ。残念ながらこれでやらせてもらう」

「れっきとした家中《かちゅう》の士のようだな。——はぎ取ってやる」

いつの間にかやくざたちは戦いをやめ、勘兵衛たちを注視している。目の前に敵がいるのを忘れてしまったかのように見入っていた。

「あんた、人を殺したことは」

勘兵衛が問うと、用心棒はむっという顔で斜に見た。

「そんなことをきいてどうする」

「俺はあるぞ」

勘兵衛は冷たい口調でいった。用心棒はかすかにひるみを見せた。そこを勘兵衛は見逃さなかった。

一気に相手の懐に飛びこみ、袈裟《けさ》に刀を振るった。

用心棒もさすがで、勘兵衛の刀をかわしざま抜き打ちに胴へ斬《き》りつけてきた。勘兵衛は打ち落とし、用心棒が体勢をわずかに崩したところへ刀を見舞った。

ずんと脇腹に入った刀を勘兵衛はすばやく引き戻した。峰打ちとはいえ、十分すぎるほどの手応《てごた》えが残っている。

用心棒はがくりと地に膝《ひざ》をつき、手にしている刀を投げだすようにした。苦しがって両手で腹を押さえ、額から地面に倒れていった。しばらく苦悶《くもん》の表情で体をよじっていたが、それも間もなくやんだ。気絶したわけではなく、重い息をゆっくりと吐いている。

勘兵衛は用心棒の刀を蹴《け》り飛ばし、自らの刀を鞘《さや》におさめた。それからやくざたちを見渡した。

目にしたものが信じられないというように黙りこんでいた男たちから、不意に、おう、というどよめきが起きた。

それは元造たちが放った声で、呆然《ぼうぜん》と言葉もない相手方に向かって、刀を抜き放った修馬を先頭に突っこんでゆく。

棒立ちで戦意を明らかになくしている男たちに、修馬は次々に峰打ちを浴びせてゆく。男たちは人形のようにばたばた倒れ、その上に元造一家が馬乗りになってさんざんに殴りつける。

「引けっ、はやく引けっ」

敵の親分が悲痛な声をあげる。

向こう側に押し倒された塀のように敵があっという間に崩れた。口から泡を吹くようにあわてて引いてゆく。

元造たちは追わず、逃げ散ってゆく男たちに罵声《ばせい》を浴びせた。

てめえら、思い知ったか。またいつでも相手してやるぜ。まあ、そんな度胸もねえだろうがな。

刀を鞘におさめて修馬が戻ってきた。歩きながら頭巾を取り去る。気持ちよさそうに汗をかいている。

「追わなくていいのか」

勘兵衛はきいた。

「これで十分だ。やつら、当分ちょっかいはだしてはこまい」

「ふーん、こんなので終わりか」

「なんだ、物足りなかったか」

「まあな」

「しかし勘兵衛、強いな。びっくりしたよ。頭ではわかっていたが、まさかこれほどとは。おぬしを引っぱったお頭の気持ちがよくわかったよ」

お頭、ときいて勘兵衛は眉を曇らせた。

「しかし徒目付がやくざの出入りなど、もしばれたらどうなるか」

修馬が笑い、肩を叩く。

「小心なんだな。おぬしが漏らしさえしなければ、知れることなどないさ。でも、なんだかんだいってけっこうおもしろかったろ」

わずかなときにすぎなかったが、久しぶりに血がわいた気分を味わわせてもらった。

つと修馬が離れてゆき、勘兵衛に背を向けて元造と話をはじめた。

元造がなにかを渡し、それを修馬が受け取ったようだ。

「またちょっかいをだしてくるようなことがあれば、呼んでくれ。連れてくる」

そう元造にいって修馬が戻ってきた。にこにこしている。

「いくらもらったんだ」

「なに、たいしたことはない」

明るい声で平然という。

「さあ勘兵衛、帰るか。日も暮れてきた」

修馬はさっさと歩きだした。すぐに振り向く。

「すまんな、わけ前はやれんのだ。ただ働きさせて申しわけないが」

さすがに気がさしたらしいが、いうほど申しわけなさを覚えている顔ではない。

「金がほしくて手伝ったわけではない」

「そうか。なら次もそれで頼む」

「次だと」

「冗談だ。おい勘兵衛」

「ああ」

修馬があきれたようにいう。

「いつまでしてるんだ」

「なんだ」

「頭巾だよ」

勘兵衛はまわりを見た。元造一家も全員が集まり、帰途につこうとしていた。

「もう脱いでも大丈夫だ」

勘兵衛は頭巾に手をかけた。だが汗をかいてやや縮んだこともあり、頭に引っかかってなかなか脱げない。

「手を貸すよ」

見かねて修馬が手伝ってくれたが、それでも駄目だった。

「しかし面倒な頭だな。切っちまうか」

「なんだと」

「勘ちがいするな。頭巾のほうだよ」

八

すっかり闇がおりてきたなか、城に戻った。

麟蔵は他出しているとのことで、詰所にはいなかった。

帰ってよし、と先輩にいわれ、ほっとした勘兵衛は修馬とともに詰所を出た。

翌日、勘兵衛はどきどきしながら出仕した。麟蔵に朝の挨拶をする。麟蔵は無愛想に返してきただけだ。

そのいつもとの変わりのなさが勘兵衛にはありがたかった。油断は禁物だが、どうやら知られていない。

「なんだ、勘兵衛」

麟蔵がぎろりと瞳を動かした。

「いえ、なんでもありません」

藪蛇《やぶへび》になりそうだ。勘兵衛はさっさと麟蔵の前を立ち去った。

自分の文机の前に腰をおろした。軽く息をつく。

修馬が寄ってきた。

「どうだ、知られてなかっただろ」

「どうやらな。しかし、まだ気をゆるめることはできぬ」

「――気がゆるめられぬだと。なんのことだ」

麟蔵が立っていた。

修馬があわててごまかす。

「いえ、つとめにもだいぶ慣れてまいりましたが、まだ気をゆるめることはできぬということです」

「ふむ、いい心がけだ」

麟蔵が体をひるがえした。文机の前に落ち着いたのを見て、修馬が嘆息を漏らした。

「本当に驚かされるお方だな」

「少しは俺の心持ちがわかったか」

「ああ。でもいくらなんでも今回は大丈夫だろう。知られることはあるまい」

「その見こみが当たることを俺は祈るよ」

勘兵衛たちはその後、大玄関に出向いた。目付の崎山伯耆守に挨拶し、再び城内巡視にしたがった。

午後は城外に出て、市中の見まわりを行った。南町奉行所にも足を延ばした。ちょうど手塚という修馬と知り合いの同心が見まわりから戻ってきたところで、勘兵衛たちは茶をごちそうになった。

「しかしまずい茶だな。もっといい茶葉をつかえばいいのに」

修馬が遠慮なくいう。

「だったら飲むな」

手塚が湯飲みをひったくろうとする。修馬はその手をかわした。

「いや、うまいよ。喉が渇いているときはなにを飲んでもうまい」

「相変わらずだな」

手塚が苦笑して、勘兵衛に目を向けてきた。

「久岡どのといわれましたな。七十郎からうかがいましたが、この修馬の兄の仇討《あだうち》をしてくれたとか」

手塚が頭を下げる。

「ありがとうございました。なにしろこの男、不幸が立て続けに起きましたのでな」

「手塚さん」

修馬が咎《とが》める。

「なんだ、相棒なんだろ。話してもいいではないか」

「話すときが来たら俺から話すよ」

「そうか。ま、そのほうがいいな」

修馬が茶を飲み干し、立ちあがった。

「よし勘兵衛、行くか」

勘兵衛は修馬の背中を追うように奉行所の門を抜けた。

道を歩きはじめてすぐ、修馬が振り返った。

「ききたそうな顔をしているな」

「そんなことはあるまい」

「もうちょっとだけ待ってくれ。必ず話すから」

その後、二人で肩を並べて江戸市中を歩きまわった。町人地を主に選んだが、別段これといった騒ぎは起きていない。

「しかし勘兵衛、歩いているだけというのも疲れるな」

修馬がぼやく。

「なにか事件でも起きぬものかな。――ふむ、勘兵衛も同じ思いらしいな。しっかり顔に出ているぞ」

「そんなことはない」

否定したが、確かに退屈だ。昨日の出入りが懐かしくすら思えた。

修馬がにやりと笑う。

「また出入りを望んでいるのか」

「まさか」

「どうだかな。昨日は見とれるほど生き生きと動いていたぞ。あれこそ勘兵衛の本領だろう」

そのまま日暮れ近くまで市中ですごしてから、城への道を戻りはじめた。

「見まわりってこんなのでいいのかな」

修馬がいう。

「確かに、もっといろいろなところをまわって、怠けている者がおらぬか調べなければならぬのだろうが……」

「性《しょう》に合わぬか」

勘兵衛は答えなかった。

「隠さんでもいい。俺だって同じだ。仕事を怠けるのが人としての本性だろう。町人たちもほとんどの者は一所懸命に働いているが、働くのが心底好きだったら、八つ（午後二時）に仕事を終えて飲みだすようなことはなかろう」

今歩いている町は通り沿いに飲み屋がずらりと並び、そこかしこの縄暖簾からほんのりと灯《あか》りが漏れこぼれている。店のなかで高い声をだしたり、おだをあげているのは、昼間から飲んでいる職人がほとんどだ。道を行きかう者たちも急ぎ足で家路をたどる者が多いなか、二人三人と肩を組んでふらふらと歩く姿がけっこう目につく。

秋の日がとっぷりと暮れた直後に二人は帰城した。麟蔵に帰着の挨拶をして、今日の行動を日誌にしたためはじめる。

書くことなどこれといってなく、勘兵衛は眉間《みけん》にしわを寄せつつ必死に筆を進ませようと努力した。

横で修馬も同じように苦闘している。

なんとか書き終えて勘兵衛が見直していると、襖がからりとあき、同僚の一人が入ってきた。

上島《うえしま》という先輩だ。顔色は平静だが、足の進ませ方は尋常ではなかった。するすると一気に奥の麟蔵のもとへ近づいてゆく。

上島が麟蔵に耳打ちした。麟蔵がすばやくうなずき、すっくと立ちあがった。

「みんな、きいてくれ」

朗々とした声で全員の顔を向けさせる。

「ある旗本一家の逐電《ちくでん》が判明した。昨夜から姿が見えなくなっているようだ。ただいまより、その屋敷へ急行する」

修馬が目をらんらんと輝かせている。もっとも、それは勘兵衛も同じだった。

「しかし勘兵衛、昨夜からということは夜逃げだろうな。しかし、旗本が夜逃げとは穏やかではないな」

廊下を急ぎ足で行きながら、修馬がいう。

「行ってみなければわからぬが、よほど窮する理由があったとしか思えぬな」

大玄関から外に出る。

月が出ており、煌々《こうこう》とした光を十五名の徒目付に投げかけてくる。その光がつくる影と同化した男たちが、ほとんどの者が下城して人の雰囲気がかすかにしか感じられない城内を音もなく進んでゆく。

それが物《もの》の怪《け》の一団のように勘兵衛には見えた。今やそのなかの一員であることが不思議に思われて仕方なかった。

「勘兵衛、燃えるな」

「ああ」

なんといっても、徒目付として最初に扱う事件なのだ。力が入らないわけがない。

鱗蔵を先頭に行く集団は清水《しみず》門を出た。それから雉橋《きじばし》を渡った。

小川町《おがわまち》のなかで裏猿楽町《うらさるがくちょう》と呼ばれる町の一角にやってきた。近くには、下総佐倉《しもうささくら》十一万石の堀田《ほった》屋敷や同じ下総の生実《おゆみ》一万石の森川《もりかわ》屋敷がある。

まわりはすべてが武家屋敷といってよく、町地など猫の額《ひたい》ほども見つからない。

秋の夜ということもあり、あたりは虫の音でうるさいほどだ。武家地《ぶけち》の常で、人の声などまったくきこえてこない。

逐電したのは、今田久助《いまだきゅうすけ》という六百石取りの旗本だった。

勘兵衛たちは今田屋敷のくぐり戸を抜け、手わけして屋敷内を探った。

人は誰もいなかった。もぬけの殻で、月に照らされた中庭をただ秋風がわびしく吹き抜けていっている。

屋敷内からは金目の物もきれいに消えていた。墨絵、掛軸、茶器、刀剣をはじめとした類《たぐい》だ。

近所から今田久助の親戚《しんせき》の者が呼ばれており、麟蔵自ら事情をきいていた。

「わかり申した。ご足労、感謝します」

麟蔵が礼をいい、親戚の男を解き放った。

勘兵衛たちは麟蔵の前に集まった。

「どうやら今田久助には借金があったらしい。六百石の旗本が一家そろって逃げだした以上、少なくない金であるのはまちがいない」

きれいに消えていた金目の物。これは夜逃げの際に持っていったわけではなく、借金返済のために売り払ったと考えるのが妥当だろう。もともと小普請組《こぶしんぐみ》だから家禄《かろく》以上の収入はなく、暮らしが苦しかったのは容易に察せられた。

売り払う物がついになくなり、それでどうにもならなくなって今田一家は逐電したにちがいない。

上島、と麟蔵が呼びかける。

「おぬしの組は石井《いしい》の組、浅山《あさやま》の組、増本《ますもと》の組とともに今田一家の行方を追え。残りの組は手わけして、今田がどこから借金をしていたのか、それがいくらだったのか、そしてどういうつかい道をしていたのかを、全力をあげて探れ」

九

翌日、夜明けすぎから勘兵衛は修馬と組んで市中を歩きはじめた。

まずは今田久助がどこから借金をしていたのか、それを調べだすのに専心することに二人して決めた。

借金の先がわかれば、どうして夜逃げまでしなければならない金を借りたのか、その理由も判明するはずだった。

「勘兵衛、借金のことは金貸しにきくのが一番だろう」

修馬がいい、勘兵衛は脳裏を一つの光景がよぎってゆくのを感じた。

「はじめて会ったとき金貸しのことをいっていたが、そこへ行こうというのか」

「そうだ。旗本に客が多いから、意外にあっさり事情が知れるかもしれんぞ」

修馬はなんの躊躇もなく足を運んでゆく。

「勘兵衛。旗本が夜逃げしたら、どんな罪になるんだ」

「改易《かいえき》だろう」

「やっぱり厳しいんだな」

「それはそうさ。俺たちが禄《ろく》をいただいているのは、将軍家のために働く、その一点だ。

夜逃げしたということは、その役目を放棄したことになる。改易は当然だ」

金貸しは本八屋《ほんはちや》といい、店は本郷《ほんごう》一丁目にあった。通りに面した一軒家で、建物はかなりの古さを覚えさせるが、そのことが逆に金貸しとしての堅実さを勘兵衛に感じさせた。

店自体は小さく入口もせまいが、奥行きはけっこうありそうだ。店の名らしい文字が染め抜かれた地味な暖簾が風に揺れているだけで、それらしい看板も扁額《へんがく》もかかっておらず、これで人が集まるというのが不思議だったが、金に窮して犬のように鼻がきくようになっている者たちにとっては、これで十分なのだろう。

「ごめんよ」

修馬が暖簾を払う。

勘兵衛も続いたが、自分が金を借りに来たような錯覚にとらわれたから、店の雰囲気はかなり巧みにしつらえられている。

互いの顔がようやく見わけられる程度の明るさに保たれている土間が広いのは、順番待ちの者の多さを物語っているように思えたが、いま客は一人もおらず、店内はがらんとしていた。

修馬が格子ががっちりとめぐらされた突き当たりに進んだ。そこには二尺（約六〇センチ）四方ほどの小さな穴が口をあけており、その先に一人の男の顔が見えていた。

「ああ山内さま、いらっしゃいませ」

ちらりと勘兵衛に目を当てる。かすかに喜色が浮かんだように見えた。

「いや、ちがう。紹介しに来たわけではない。この男は俺の同僚だ」

修馬が紹介する。

「久岡さまですか。八郎左衛門《はちろうざえもん》と申します。どうかお見知り置きを」

口調はていねいだが、いかにも一癖ありそうな男という印象を勘兵衛は抱いた。金など借りたら、地獄の底まで引っぱりこまれかねない気がする。本八屋という名の由来は、本郷に住む八郎左衛門からきているのだろう。

小ぶりな顔はしわ深く、歳はけっこういっているようにも見えたが、こういう稼業のせいで、あるいは老けているのかもしれない。頭は総髪ですべて白くなっているが、かなり豊かでつやがあり、日に当たれば雪のように輝くのではとすら思われた。

「ところで今日は」

八郎左衛門が顔をのぞかせるようにきく。

「役目でまいった」

修馬が今田久助のことを話した。

「おととい逐電したのだが、おぬしから金を借りておらなんだか」

「いえ、手前のお客にはそういうお方はいらっしゃいません」

帳面を繰ることもなく、八郎左衛門はそらで答えた。

「今田久助という名をきいたことは」

八郎左衛門は下を向き、鼻に指先を当てた。

「ございませんねえ」

「そうか。八郎左衛門、旗本貸しを主にしている同業者を教えてくれ」

八郎左衛門はわずかに顔をしかめた。

「おぬしの名をだすような真似《まね》はせぬ。決して迷惑がかかるようなことにはならぬ」

「わかりました」

八郎左衛門は息を吐くようにいった。

「山内さまに頼まれてはお断りするわけにもまいりませんな」

八郎左衛門は、四軒の金貸しの名前と店の場所を教えてくれた。

「恩に着る」

修馬が身をひるがえす。

「あ、山内さま、少々お待ちを」

八郎左衛門が声をかけてきた。懐を探っている。

「これを」

指につままれているのは紙包みだ。

「おう、すまんな」

　修馬は遠慮を見せることなく手にした。

　先に店を出た修馬に勘兵衛は肩を並べた。

「どうだ、金貸しが知り合いにいると役に立つだろ」

「確かにな」

　同意して勘兵衛はたずねた。

「本八屋でも用心棒をしていたのか」

「いや、八郎左衛門とは別のことで知り合ったんだ。むろんやつが用心棒を必要としているとなれば、いつでもつとめるつもりではいるが」

「いつでもだと。それはかまわんが、俺を引きこむなよ」

「冷たいことをいうな。相棒ではないか」

「いくら相棒といっても、金貸しの用心棒などやれるものか」

「だったらばらすぞ」

「ばらす。なにをだ」

「出入りのことだ。ばれたら、徒目付どころか旗本にだってとどまれるかどうか」

「きさまだって同罪だろうが」

「俺は別にかまわぬ。両親、兄弟はおらんし、妻子もない。家が取り潰《つぶ》されたって、また元造のところにでも世話になれば食っていける。勘兵衛、おぬしはちがうだろうが。確か、養子だよな」

「修馬、きさま」

勘兵衛はにらみつけた。

「馬鹿、冗談だ。本気にするな」

「そうはきこえなかったぞ」

勘兵衛は息を入れた。

「しかしおぬしが脅すのだったら、俺にも種があるぞ」

「なんだ。——ああ、これか」

修馬が懐を叩く。

「たいしたことはなかろう。俺はおのれのためにびた一文《もん》つかってはおらぬ」

「では、なににつかっている」

「それはまたあとだ」

にやっと笑い、修馬は早足になった。

「おい修馬、ところで八郎左衛門はいくつなんだ」

「さすがの勘兵衛もわからなかったか。確かに年齢がはっきりしない面だよな。あれで四十一だ」

「ええっ、そんなに若いのか」

「生業《なりわい》のせいじゃないな、あれは。もともとはやく老いるたちなんだろうよ」

勘兵衛たちは、八郎左衛門が口にした金貸しを次々に当たった。一軒、二軒と収穫は得られなかった。

当たりは三軒目だった。そこは石巻《いしまき》屋という店で、ここも本八屋と同様、入口はせまく、格子にがっちりと囲まれたなかにひらいた穴も小さかった。

その穴に向けてここまでやってきた事情を修馬が話すと、店主《たなぬし》の顔色がはっきり変わったのだ。

店主は今田久助を知っていた。というより大金を貸していたのだ。

「いくら貸していた」

「百両ちょうどです」

少なくはない金だが、ただし夜逃げするにはあまりに少ない。

「本当にそれだけか」

修馬が確かめる。

「はい。嘘《うそ》を申してもなんにもなりません」

勘兵衛は一歩踏みだし、店主の前に顔を突きだすようにした。

「今田久助だが、どこかよそでも金を借りていなかったか」

借金の返済に窮した者が、他の金貸しから借りて返済に充てるというのはよくある話だ。

「はい、どうやらそのようでした」

「どこだ」

店主は八郎左衛門とは異なり、あっさり口にした。

「あるじ、おぬし、どうして今田が金を借りていたか理由を存じているか」

修馬がきいた。

「いえ、存じません」

「理由もきかずに貸すのか」

「まあ、だいたいが暮らしに窮されて、ということに決まっておりますので」

「なるほど。利はいくらだ」

「月に一割でございます。よそよりお安いはずですが」

店主がにっと笑った。

「お借りになりますか」

「いや、いい」

修馬が空咳を一つした。

「今田の返済は滞っていたのか」

「利払いだけは順調に。元金の返済までには手がまわっておりませんでした」

「それなのにおぬし、そんなにあわてているようには見えぬな。まさか、逃げた先を知っているのではあるまいな」

「とんでもない」

「なるほどな」

勘兵衛は割りこむように声をだした。

「利だけでとうに百両を超えていたのか」

そういうことでございます、というようにあるじが頭を下げる。

勘兵衛たちは石巻屋をあとにした。

「おい修馬、本八屋の利はどのくらいだ」

「同じさ。お互い競っているような顔をしているが、金貸し同士、暗黙の了解なのかそれとも公然と相場を決めているのか、似たような利を取っているものだ」

「もしおぬしに頼んだら、どのくらいになるんだ」

「おっ、借りるつもりになったのか」

「気になっただけだ」

「月に八分になる」

「なんだ、安くなるのは二分だけか」

「そういうが、百両借りたらいくら得をするか、考えてみろ」

一月では二両だが、一年なら二十四両にもなる。確かにこれは大きい。

「わかったようだな。もし借りる気になったら必ず相談しろよ」

石巻屋からきいた店に着いた。

その店からも今田久助は百両を借りていた。そして店主は今田がどういう理由で金を借りていたか、知っていた。

勘兵衛たちは店を出た。

「やったな、勘兵衛」

「ああ、手柄とまではいえぬが、新入りの働きとしては悪くなかろう」

はやくも夕闇の色が漂いはじめた町のなかを、勘兵衛たちは歩き進んだ。

城に戻り、麟蔵につかんだことを報告した。

「ほう、そうか。やつの借金は博打だったのか」

麟蔵が深くうなずき、言葉を続けた。

「よし、今日はこれで帰っていいぞ。明日、どこの賭場だったたか、明らかにしろ」

十

「朝はやくすまんな」

修馬が元造にいった。

「いえ、そんなのはよろしいんですが。今日はなにか」

修馬が事情を話した。

「それで、旗本が集まるような賭場のことを知っていないかききに来たんだ」

「なるほど、そうですかい」

元造はわずかに考えこむ仕草を見せた。

「あくまでも噂ですが、それでよろしいですかい」

「ああ、なんでも話してくれ」

元造は湯飲みを傾け、茶を喫した。

「この前きいたばかりなんですが、お武家がやっている賭場があるらしいんですよ」

「侍が」

「ええ、なんでもはなはあっしらと同業の賭場に出入りしていたらしいんですが、儲《もう》けるには胴元になるのが一番ということに気がついたようなんですよ。客筋もお武家が多いということです」

「胴元はなんという名だ。旗本か」

「お名は存じません。お旗本かどうかも」

「賭場の場所はどうだ」

「申しわけございません」

「どのあたりかも知らぬか」

「ええ」

「元造、おぬし」

声をかけ、修馬に代わるように勘兵衛は身を乗りだした。

「その賭場の噂は誰からきいた」

「同業です」

「その同業の名は」

仕方がないな、というような表情を元造はし、そっとつぶやいた。

「手間をかけた」

修馬が元造の肩を叩き、立ちあがった。

「またなにかあったら、遠慮なく呼べ。お互い持ちつ持たれつでいこう」

二人は元造と数名の子分に見送られて外に出た。

「しかし武家とはな」

歩きつつ修馬が首を振る。

「ああ、思いもしなかったよ」

「しかし、考えてみれば頭のいいやつだよな。しぼられる側からしぼる側にまわったのだから。それに、俺たちはおろかやくざ者にさえ知られておらぬなんて、よっぽど巧妙に賭場をひらいていたんだろうな」

「どうかな。結局はやりすぎて、夜逃げする者までだしてしまったからな。本当に頭がよいのなら、そこまで追いこみはしなかったはずだ」

「でもどんなやつかな。俺は是非とも会ってみたい」

修馬は瞳をきらめかせている。

目の前に座る男は、岩のような体つきをしていた。顔はさほど大きいとはいえないが、細い目の奥にたたえられた鋭い光は、この男があまたの修羅場《しゅらば》をくぐり抜けてきたことを勘兵衛たちに教えている。

「あんたが志摩蔵《しまぞう》か」

腕を組んで修馬がきく。

「さいですが」

低いが、意外に響きのいい声で答えた。ただしいわゆるドスのきいた声だ。

「一つ教えてほしいのだが、いいか」

「教えられることでしたら」

修馬が鼻の下の汗を指先でぬぐい、外を見た。ここは志摩蔵の家の座敷で、あけ放された障子戸の向こうは庭になっている。

手入れがほとんどされていない庭で、枝を伸ばし放題の木々は葉を一杯に茂らせているし、夏を越した雑草が一面に生えている。これでは志摩蔵の命を狙う刺客《しかく》が隠れていても、気づかれにくいにちがいない。

もっとも、元造たちの出入りの様子からして、やくざ者のなかに本気で命を狙う者などいないのかもしれない。志摩蔵のこの無防備ぶりも、そのあたりにきっと理由があるのだろう。

となると、と勘兵衛は思った。この男が修羅場をくぐり抜けてきた、というのも怪しいのかもしれない。

修馬が空咳をし、問いを発した。

きき終えた志摩蔵が眉をひそめる。

「お武家の賭場ですか。お侍、それをどちらからきかれたんです」

「誰でもよかろう」

志摩蔵がじろりと修馬を見た。

「お侍、以前、元造親分に世話になっていらっしゃいませんでしたかい」

「ああ、昔な。それがどうかしたか」

「いえ、別にいいんですがね」

志摩蔵が小さく笑った。

「正直なお方ですね」

「とぼけると思ったのか。そういうのは性に合わぬ」

「じゃあ、あっしもとぼけるのはよしにしましょう。その噂は同業からきいたんですよ」

「誰だ、その同業というのは」

「行かれますか」

「教えてくれるのならな」

「行かれるまでもございませんよ」

「どうしてだ」

志摩蔵がにやりとする。

「どこで賭場がひらかれているか、あっしが存じているからです」

第二章

一

「いよいよだな、勘兵衛。やっと胴元の顔を拝めるぜ」

さらに足をはやめた麟蔵を追いかけつつ、修馬がいった。暮れてきた日に照らされているせいでなく、顔が上気している。

その気持ちは勘兵衛にもわかる。自分もきっと同じような顔をしているはずだ。

志摩蔵から賭場の場所をきいてから、すでに十日がたった。

夜逃げした今田久助一家の消息は依然知れないが、徒目付づきの小者《こもの》たちによる賭場の内偵は満足できる成果をあげていた。

城を出て、早足に歩きはじめてすでに一刻《いっとき》（約二時間）近くになる。

「俺はここまで田舎に来るのは久しぶりだ。今、どのあたりなんだ」

きかれて勘兵衛は行く手を透かし見るようにした。

まわりを田んぼや畑、疎林などが取り囲んでいるのが、沈もうとしている太陽の残日のなか、うっすらと見て取れる。勘兵衛にもここがどのあたりなのかわからなかったが、麟蔵から標的は穏田村《おんでんむら》近くときかされている。

穏田村といわれても勘兵衛にはぴんとこない。

さらに歩き続けたが、依然、先頭を行く麟蔵の足はゆるまない。目当ての屋敷はまだ先ということだ。

組の者すべてが顔をそろえている。組の最後尾にいる勘兵衛たちのうしろには、徒目付衆の他の三組がついてきている。

総勢で賭場を急襲しようというのだ。いかに今回の旗本逐電の一件を、目付が重く見ているか、そしてどれだけの怒りをたたえているかの証だった。

処分は相当重くなる。胴元の旗本は切腹、関与している者もおそらく死罪はまぬがれまい。仮にまぬがれたとしても遠島《えんとう》は確実だろう。

馬鹿なことをしたものだ。唾棄《だき》したくなるほどだが、ただし、その思いとは別に勘兵衛は妙な感じに先ほどからとらわれている。いつからか何者かの目を感じているように思えてならないのだ。振り返ってみても、誰が見つめているのかわからない。

勘ちがいだろうか。そうかもしれない。あるいは、自分ではなく、徒目付全体を見張っているのか。

だとしたら何者か。賭場の者か。つまり内偵がばれたということなのか。

しかし、眼差しはまっすぐ自分に向けられている気がしてならない。しかもそれには殺気すら含まれているように思える。

だが、自分を薄闇《うすやみ》の向こうから見つめるような者に心当たりはまったくない。

それから四半刻ほどで麟蔵の足がとまった。

六十名の徒目付は、広いとはいえない道に身をひそめた。完全に日は暮れ、闇が勘兵衛たちのまわりに満ち満ちている。

「勘兵衛、どの屋敷だ」

修馬が闇に向け、じっと目を凝らしている。

勘兵衛たちが身を置いているのは、武家屋敷が集中している場所だ。大身の旗本のものらしい下屋敷や、小禄《しょうろく》の旗本屋敷、それよりもはるかに禄の少ない御家人《ごけにん》屋敷などがかたまっている。あたりは人けがなく、野良犬一匹うろついていない。

そのなかで麟蔵が厳しい眼差しを向けているのは、右手に建つ寺の向こう側にかすかに見えている屋根のようだ。

「あれか」

「おそらく」

一人の先輩が首を振り向かせ、人さし指を口に当てた。ぎろりとよく光る目で二人をにらみつけてから、首を戻した。

徒目付たちは一人として動かない。壁にでも塗りこまれてしまったかのように、ひたすらじっとしている。

なにを待っているのか。内偵を担っている小者がもたらす、賭場が佳境に入ったとの知らせだ。

それを合図に屋敷に踏みこむことになっている。

しかしおそい。おそすぎる。口をついて出そうになるのを、勘兵衛は腹にぐっと力をこめて抑えた。

さらにときが進み、夜気が冷えてきた。すでに冬の冷たさを感じさせ、足先が痛いようにすらなっている。

もう四つ（午後十時）はとうにまわり、九つ（午前零時）に近いのではないか。

武家屋敷の塀際を選ぶように影が走り寄ってきた。麟蔵の前でとまり、なにかささやきかけている。

きき終えた麟蔵が大きくうなずいた。高く掲げた右手を振る。

それを合図にうしろに控えていた三組のうち、二番目の組が右手の小路へ吸いこまれるように入っていった。その小路は目当ての屋敷の裏につながっているのだろう。

勘兵衛たちは夜盗のように息を殺して、道をまっすぐ進んだ。

やがて一軒の武家屋敷の前までやってきた。敷地としては久岡屋敷よりややせまいといった程度だろうか。

長屋門の前に人はいない。見張りの者を立てているのだろうな、と勘兵衛は漠然と考えていたが、これだけ人通りのない場所に見張りの者をたむろさせていたのでは、逆に怪しまれると考えたのではないか。

ただ、くぐり戸の向こう側にいる人の気配を勘兵衛は敏感にとらえている。おそらく二人か三人。

教えようかと思ったが、すでに麟蔵も承知しているように見えた。内偵者からの報告がきているのだろう。

「どうするのかな」

修馬がささやきかけてきた。

「門をぶち破るのかな」

黙れ、というように勘兵衛は厳しく首を振ってみせた。

見守るうち、三人の男が進み出て門脇の塀に近づいた。そこはちょうど長屋が切れたところで、門はかなり低くなっている。

二人が向き合って両手で肩をがっちりとつかみ合うと、もう一人が二人の体をするするとのぼった。風を切る音がしたかと思うと軽業《かるわざ》のように跳んで、塀の向こう側に音を立てることなく消えていった。

勘兵衛は驚愕《きょうがく》した。まるで忍びだ。あんな真似ができる者がいるのだ。

その後しばらく人の気配や物音は途絶えていたが、やがて、どたり、という人が倒れこむような音が二度、かすかに耳に届いた。

それからさらに無言のときが流れた。

そっとくぐり戸があき、先ほどの先輩が顔をのぞかせた。

首を縦に動かした麟蔵が龕灯《がんどう》を持つ五名に火を入れるように命じ、先頭で入ってゆく。そのあとに配下たちも続いた。

勘兵衛は、くぐり戸の横で横たわっている二人の男を見た。気絶しているようだが、すでに猿ぐつわがされ、手足にはかたく縄が巻かれていた。

この二人が、やってくる客の身元を確認していたのだ。二人とも町人のなりをしているが、明らかにやくざ者だった。

つまり、この屋敷のあるじはやくざを引き入れ、賭場のやり方を教えてもらっているということなのだろう。

勘兵衛はくぐり戸越しに振り返って外を見た。先ほどの眼差しが戻ってきていたのだが、そこに見えたのは、表門をかためている一組の徒目付衆だった。

勘兵衛たちの組ともう一組が屋敷内に入り、なかの者をとらえる手はずになっている。門から式台までの五間（約九メートル）ほどに整然と石が敷かれている。式台にはなかの灯りがこぼれており、少しだけ明るい。そこも無人だ。

麟蔵が式台の前に立った。

「かかれっ」

はじめて声をだした。

麟蔵を追い越して先輩たちが式台にあがった。勘兵衛と修馬も続いた。

「右だ」

麟蔵の指示で勘兵衛たちはその方向に走りだした。

客間や書院など次々に座敷を通り抜ける。四つ目の座敷をすぎると、きっちりと閉められた襖の前でたむろしているやくざ者が目に飛びこんできた。

なんだ。どうした。手入れだ。見張りはなにをやってんだ。寝てやがったのか。

やくざ者たちは恐慌におちいったが、一人が襖をあけ放ち、なかの座敷へ声をかけた。

煌々とした灯りが勘兵衛の目に飛びこんできた。座敷は優に三十畳はあり、多くのろうそくが灯されていた。

夕方に近い明るさが保たれているなか、多くの者があわてたように立ちあがった。侍が多いようだ。ほかには僧侶、医者と思える者、いかにも富裕そうな町人。

明らかに上客だけを集めて、賭場をひらいている。

「御用《ごよう》である。おとなしく縛《ばく》につけい」

上島が朗々たる声でいう。

座敷のろうそくが次々に吹き消されてゆく。座敷は一気に暗闇に包まれたが、すぐに龕灯が座敷を照らしだした。

多くの者が逃げ惑い、うしろ側の襖があっという間に突き破られた。徒目付たちが座敷に突入する。

泣き叫ぶ声、憐《あわ》れみを乞《こ》う声、体が畳に打ちつけられる響き、横の障子が吹っ飛ぶ音。

十数名はいるやくざ者たちはそれでも必死に抵抗し、客たちをまず逃がそうとしていた。勘兵衛にとってこの行動は意外だったが、なかには骨のある者もいるということなのだろう。

修馬が活躍している。長脇差を振るっては、逃げだそうとしている者の肩や腹を打っていた。がくりとうつぶせた者に小者たちが飛びかかっては、縄を打ってゆく。

勘兵衛は悲鳴をきいた。それまで耳にしてきたものとは異なり、どこか断末魔の声に思えた。

悲鳴のしたほうに目をやると、破られた左手の襖の先の座敷で、四、五名の徒目付が二人の浪人らしい者と戦っているのが見えた。いずれの徒目付の顔にも勘兵衛は見覚えはなく、どうやらもう一組の者のようだ。

その二人の着流し姿の浪人は用心棒らしいが、かなりの遣い手だ。自分たちは、賭場にいる者すべてを生かしてとらえるようかたく命じられている。そのために、得物《えもの》は町方役人が持つような刃引きの長脇差だ。

その上二人の浪人の連携は見事で、徒目付たちに深くはないものの矢継ぎばやに手傷を負わせていた。みるみるうちに徒目付たちは戦う力をなくしはじめている。

さすがにそこいらにある賭場とは一線を画しているようで、滅多にお目にかかれない手練《てだれ》を雇い入れているのだ。

二

先ほどの悲鳴は、と考えて勘兵衛は目をみはった。

浪人の右側に、一人の徒目付が倒れているのが目に入ったからだ。もう息をしていないのは、体の脇にできている血だまりの大きさが示していた。

勘兵衛は駆け寄ろうとした。そのとき浪人の刀が一閃《いっせん》した。またも悲鳴があがり、一人の徒目付が血しぶきをあげて畳に倒れこんだ。

「勘兵衛っ」

横で叫び声がした。見ると、修馬が血走った目で見つめていた。

「急げっ。おぬししか倒せる者はおらぬ」

その声に弾《はじ》かれたように勘兵衛は走り、一人の浪人が体勢を崩した徒目付に刀を振りおろすところに長脇差を伸ばした。

落ちてきた刀を弾きあげ、勘兵衛は三名の徒目付と二人の浪人とのあいだに割りこんだ。

二人の浪人がおっという顔をし、動きをとめた。細めた目でにらみつけてくる。

気がつくと、まわりは静かになりつつあった。さすがに総勢を送りこんだだけのことはあり、味方はほとんどの者をすみやかにとらえたのだ。あとは裏手のほうから叫び声や怒鳴り声がきこえてくるだけだが、それらもすぐにおさまるのを予見させる程度のものでしかない。

今や戦いが行われているのは勘兵衛のところだけで、じりじりと徒目付たちが集まりつつあった。

そのことをさとって、まずい、というように二人の浪人が同時に顔をしかめた。

兄者《あにじゃ》、と右側の浪人が左側の男に小さく声をかけた。どうする。唇がそう動いた。

兄弟なのか、と勘兵衛は思った。道理で息が合っているわけだ。そういわれれば顔もよく似ていた。

眼光鋭い瞳、高い鼻、分厚い唇、口を囲むひげの形と濃さ。兄のほうが頬骨が張り、少し耳が大きいだろうか。背丈は二人とも同じくらいで勘兵衛より三寸（約九センチ）ほど低いが、それでも肩幅があり、がっちりとした筋骨の盛りあがりのせいでそれほどの差があるようには感じられない。

逃げるぞ。兄がささやきかける。

兄弟は同時に畳を蹴るや、体をひるがえした。あっという間に隣の座敷に走りこんでゆく。

勘兵衛はすぐさま追った。

勘兵衛が追いつくより先に、一つの影がまわりこむように兄弟の前に立ちはだかった。

修馬だった。

弟のほうが修馬めがけて刀を振りおろす。両断されたのでは、と勘兵衛が危惧《きぐ》したほど容赦のない打ちこみだったが、修馬はぎりぎりではね返した。

そのときには勘兵衛の間合に弟が入っていた。勘兵衛は強烈な斬撃《ざんげき》を見舞った。勘兵衛に気づいた弟は体をひねることでかわしたが、次の足の運びがおくれた。

勘兵衛は逆胴に長脇差を振り、弟がかろうじて打ち落とした反動を利して下から突きあげるように振り抜いた。

見事に胴をとらえる。

体をくの字にして弟は畳に膝をつき、腹を押さえつつ倒れこんだ。酒毒におかされた者のように震える腕から刀がこぼれ落ちる。

それを見た兄があわてて駆け戻ろうとする。しかし、すでに寄り集まった小者たちによって縄が巻かれようとしているのを目にして、足をとめた。すまぬというように唇を動かしてから、再び逃走をはじめた。

修馬がその背に躍りかかろうとしたが、いきなり旋回してきた刀に肩先を斬られた。修馬は驚いたようにどすんと尻餅《しりもち》をついた。

「大丈夫か」

勘兵衛は駆け寄った。

「勘兵衛、はやく行け」

顔色はやや青いが、これだけ声をだせるのならたいした傷ではないようだ。勘兵衛はうなずき、兄を追った。

勘兵衛のあとに他の徒目付たちも続いている。勘兵衛より足がはやい者が多く、どんどん追い越してゆく。

勘兵衛は唇を嚙《か》んだ。頭の大きさが関係しているのか、走るのはどうも苦手だ。

兄の背はあっという間に遠ざかってゆく。追いすがる者もいるが、力士に挑んだ子供のようにあっけなく弾き飛ばされてゆく。それらは修馬と同様、傷を負わせられていた。

一気に庭へおりた兄は塀に近づくや、ふわりと宙を飛んで手をかけた。猿のような鮮やかさで塀をのぼりきる。弟のことが気になったのか、塀に乗ったほんの一瞬、うしろに目を向けた。

未練の色が表情に浮き出たのが勘兵衛の目に映った瞬間、塀の上からその姿はかき消えた。

「飛びおりたぞ」

「裏の衆、そちらへ行ったぞ」

「頼むぞ」

まわりの徒目付たちが声をあげる。

しかし、と勘兵衛は思った。裏をかためている者たちが果たして捕縛できるものか。無理だろうな、という暗澹《あんたん》たる思いしか浮かんでこない。あれだけの遣い手を相手にできる者がいるとは思えないのだ。

立ちどまった勘兵衛はしばらくその場にとどまり、先輩徒目付たちがばたばたと袴《はかま》をひるがえすようにして塀を乗り越えてゆくのを見ていた。

それからきびすを返し、座敷へと戻った。

畳に座りこんで修馬が小者に手当を受けている。

「どうだった」

勘兵衛は首を振った。

「だろうな」

「傷はどうだ」

「かすり傷さ。たいしたことはない」

晒《さら》しが巻かれた右肩をぽんと叩く。途端、顔をしかめた。

「しばらく養生することだな」

勘兵衛は、隣の座敷の中央に立つ麟蔵に気づいた。そこは賭場がひらかれていた最も広い座敷で、麟蔵は渋い顔をしてまわりを見渡していた。

「おう、無事だったか」

近づいてゆくと、勘兵衛を見た。

「はい、なんとか」

「二人死んだ」

低い声でいう。

「ええ」

「二人とも我が組の者ではないが、それは喜ぶべきことではないな」

畳の上には、小判や一分金《いちぶきん》などがばらまかれたように散らばっている。どうやら現金をつかって賭《か》けをしていたようだ。

賭場を支配していたはずの熱気と生々しさが勘兵衛の胸に迫ってきた。

「胴元はつかまりましたか」

「ああ。客ややくざども含め、一網打尽だ。逃げたのはあの用心棒だけだ」

三

「勘兵衛、なんだ、あの足のおそさは」

麟蔵を先頭に城へ帰る途中、修馬にいわれた。

「あれでは十の子供よりおそいだろう」

「うるさい。人には得手不得手があるんだ」

「ごもっとも。俺の足に勘兵衛の腕があれば、あの浪人だってとらえられたはずだ」

修馬が前をにらみつける。

修馬の眼差しの先には、腕と体に縄をがっちり巻かれて引っぱられている弟の姿がある。

それだけではなかった。全部で三十名ほどが捕縛されている。

侍は旗本や御家人だけでなく、大名家の定府《じょうふ》の者らしいのも何人かまじっていた。

いずれもしゅんとして、顔をあげられずにいる。誰もが不安でたまらない表情をしている。

町人は商人や医者を合わせて十名ほどだ。商人はいずれもそれなりの身代《しんだい》を持つ者がほとんどのようで、身につけているものはいかにも上物《じょうもの》である。

「結局、胴元は誰だったんだ」

「栗田伝左衛門《くりたでんざえもん》という五百石取りの旗本だ。歳は三十一、小普請だそうだ」

「家族だっていたんだろうに」

二十七の妻女に女の子が三人。勘兵衛は麟蔵からきいたことを伝えた。

「分別だって十分ある歳なのに、いったいなにをやっているんだろうなあ」

修馬が慨嘆する。

「――ところで、どいつが栗田だ」

「あれだろう」

勘兵衛は、麟蔵のすぐうしろにいる侍に指を向けた。

あの男が賭場のひらかれていた大広間の横の座敷でとらえられたのを、勘兵衛は知っている。そして今、麟蔵のすぐそばに引き据えられているということは、あの男がこの一件の首謀者である紛れもない証だ。

意外に小柄な男だった。小さな口が突き出ているせいか、顔は茄子《なす》のようにやや曲がって見える。目は大きく、ふだんなら眼光は鋭そうだが、今はもう生気をなくしている。

賭場を営んでいた胴元といった抜け目なさは、その表情からは感じられなかった。

「今はしなびちまっているが、あれできっと大きく見えたんだろうなあ」

そういって修馬がうしろを振り返る。そこには戸板にのせられた二つの死骸《しがい》がある。

「やつは切腹か」

「いや、まずまちがいなく斬首だ」

勘兵衛はまた首筋に眼差しを感じた。そっと振り向く。

ほかの組の者たちが無言で歩いているのが、提灯《ちょうちん》の明かりのなか見えるだけで、自分を見つめている者などいない。

「なんだ、どうした。往きもなにか気にしていたではないか」

「ああ……」

「なんだ、煮えきらぬ返事だな」

勘兵衛は思いきって口にした。

「いや、どうも誰かに見られている感じがしてならぬのだ」

「どういうことだ」

修馬がうしろを見た。

「殺気とかを感じるのか」

「……粘るような感じはまちがいなくしている」

「勘兵衛、誰かにうらみを買ったような心当たりは」

さすがに修馬は徒目付らしい顔になっている。

「いや、ない」

「本当か。もっと考えろ」

勘兵衛はその言葉にしたがったが、今のところ思い浮かぶものはなかった。そっと首筋をさする。

「消えたみたいだ」

「お頭にいうか」

「いや、よかろう。そこまで大袈裟《おおげさ》にするほどのことではない。とりあえず気をゆるめぬようにしておく」

「それがよかろう」

うなずきを返しかけて、勘兵衛は言葉を途切れさせた。なにか背筋がざわとし、全身が鳥肌立ったような感じに襲われた。

「どうした、そんなにかたい顔をして。眼差しが戻ってきたのか」

「ちがう。修馬、用心しろ」

「なんだ、なにをいっている」

それでも修馬は腰を落とし、長脇差に手をかけた。その姿勢で歩き進んでゆく。

同じように足を運びながら勘兵衛は油断することなくあたりを見まわした。

あと四半刻で城に戻れるところまで来ていた。麻布《あざぶ》に入ったあたりだ。九つをすぎた通りに人の気配はまったくない。

しかし誰かが確実にそばにいる。

今、眼差しを向けてきている者は勘兵衛だけを見ていない。徒目付全体に目を配っている。しかもそれとわかる強烈な殺気がこめられている。

「奪い返しに来たぞ」

さすがに修馬はぴんときたようだ。

「兄が来ているというのか。どこだ」

「わからぬ。近くにひそみ、こちらをうかがっているのは確かだ」

「お頭にいっておくか」

「頼む」

修馬が小走りに駆け、麟蔵のもとへ向かった。

勘兵衛は、弟がどこにいるのかあらためて確認した。

勘兵衛から一間ほど前だ。小者二人が縄をがっちりと握っている。二人とも殺気には気づかず、のんびりしたものだ。

勘兵衛はそっと近づいた。

修馬から報告を受けた麟蔵が振り向き、弟の位置を把握しているらしい目を向ける。

その瞬間、左手の表長屋の屋根から人影が飛びおりたのを勘兵衛は見た。地面におりた影はすばやくこちらへ走ってくる。

三間ほど前に出た勘兵衛は長脇差を抜き、その者めがけて振りおろした。

勘兵衛の太刀筋《すじ》を熟知しているかのように影は横に跳び、その姿はあっという間に闇に紛れた。

「ご用心召され」

勘兵衛は叫んだ。

「先ほどの用心棒が来ておりますぞ」

勘兵衛の背後から悲鳴があがった。振り返ると、弟の縄を握っている小者が血しぶきをあげて倒れたところだった。もう一人も刀で体を貫かれ、夜具に横たわるように音もなく地に伏してゆく。

弟がすかさず駆けだした。走り寄った先には一つの影がいた。その影が刀を振った。ぶつと音がし、弟の腕が自由になった。

「逃げろっ」

「兄者は」

自由になった体を確かめるように両腕を左右に振った弟がきく。

「あとから追いつく。行けっ」

弟が走りだした。

勘兵衛は追ったが、弟も兄と同じでかなり足がはやい。

「勘兵衛、俺にまかせろ」

修馬が先輩四名とともに走りだしている。

「頼むぞ」

勘兵衛は声をかけ、弟とは逆の方向に走りだした兄を捜した。

いた。弟を逃がした上でさらに徒目付たちを混乱させようとしているのか、それとも弟がとらえられたうらみを晴らそうとしているのか、刀を振りまわして暴れまわっている。徒目付たちが必死に取り押さえようとしているが、逆に斬りたてられ、地面に倒れこむ者の姿も見えた。

その混乱に乗じて他の捕縛者たちも逃げだそうとしたが、麟蔵が決して放すな、と命じた小者たちにがっちりと縄をつかまれているせいで、なにもできずにいる。

すでに徒目付らしい死骸が二つ転がっていた。浜に打ちあげられた流木のような無惨な姿に、勘兵衛は頭に血がのぼるのを覚えた。

俺のせいだ。あのときとらえていれば、こんなことにはならなかった。

二人をあの世に送ったことで満足したかのように兄が身を返そうとした。

そこへ勘兵衛は立ちはだかった。

「またきさまか」

闇のなか刀を構え、底光りする目で見据えてくる。

一度瞬きをした。瞳にぎらりとした色が加わり、獰猛《どうもう》な犬のような顔つきになった。吠《ほ》えるようになにか口にし、それを合図にしたように斬りこんできた。

風の切られる音が頭上でわき起こり、勘兵衛は長脇差を顔の上に掲げた。

猛烈な衝撃が腕を走り、肘《ひじ》がしびれた。さらにもう一撃がやってきた。勘兵衛は再び受けたが、肩から力が抜け、膝が地につきそうになった。かろうじてこらえ、刀をはね返す。

さらに胴に刀がきた。勘兵衛は長脇差で打ち落としたが、下からすくいあげるように次の攻撃がやってきた。

勘兵衛はうしろに下がることでよけたが、男の踏みこみはすさまじく、もう刀が眼前に迫っていた。

勘兵衛は長脇差で横に弾いた。男の刀が少し流れたが、それで勘兵衛に攻勢の間が与えられたわけではなかった。

男はさらに攻め立ててきた。踏みこみ踏みこみして、刀を面に胴に逆胴にと休むことなく振ってくる。

勘兵衛は受けるだけならなんとかなった。だが、このままでは刃引きの長脇差と刀という攻撃力の差が出てしまう。

そのときに待っているのは……。

なんとかしなければ。

しかしいい考えは思いつかず、勘兵衛は押されるままにじりじりと下がった。

さすがに疲れが出たか、男は足をとめ、勘兵衛の顔色をうかがうように刀身からわずかに顔をのぞかせている。

勘兵衛は商家らしい家の塀に背をつけた。他の徒目付たちが男をうしろから囲もうとしているがそれだけで、勘兵衛の助勢《すけぜい》を買って出ようとする者はいない。

ちらりと目を動かし、勘兵衛はほんの三間（約五・四メートル）ほどに来ている一人の男を見た。そこで長脇差を構えているのは麟蔵だった。

それには勘兵衛のほうが驚いた。麟蔵の顔は本気だった。勘兵衛の危機を見すごすつもりがないのがはっきりと見て取れた。

ありがたかった。麟蔵の腕では目の前の男に敵し得ないのは明らかだ。

それなのに。

勘兵衛は一気に力が体にみなぎるのを感じた。

勘兵衛に気合が充満したのを知ったか、男が斬りかかってきた。その刀を避け、勘兵衛は反撃に出た。長脇差で胴を狙う。

男がうしろに下がった。勘兵衛はつけこみ、長脇差を突きだした。

男がはねあげる。勘兵衛は身を低くし、男のがら空きの胴を再度狙った。

男がさらに下がり、今度は道の反対側の商家の塀に背をつけた。

勘兵衛は長脇差を上段に構え、飛びこんでいった。

男が打ち返してくる。左にまわろうとしたところを勘兵衛は面に長脇差を見舞った。

男がしぶとく受けとめる。

鍔迫《つばぜ》り合《あ》いになった。勘兵衛は腕に力をこめ、長脇差でぐいと押した。勘兵衛より上背がない分、男が体をそらす格好になった。

さらに押し、男が必死に押し返してきたところを勘兵衛は横にずれた。男がたたらを踏むような形になった。その瞬間、身を沈めた勘兵衛は胴を鋭く打ち抜いた。

男がうっとうなって地に手をつき、かがみこみかけた。その動きが急にとまった。

勘兵衛は大きく目を見ひらいた。

男の背中から刀尖《とうせん》がわずかに出ている。地面に手が触れた途端、握っていた刀が返り、剣尖がこちらを向いたものらしい。

「大丈夫か、勘兵衛」

声をかけてきた麟蔵に、助かりました、と礼をいおうとしたが、喉の奥がひからびたようになってしまっており、声が出なかった。息を激しく吐きだしつつ、うなずきを返してひざまずき、男を見た。

心の臓をやられたようで、男は身動き一つしない。目はあいているが、その瞳はもはやなにも映じていない。そこには闇より深い漆黒があるのみだった。


もう追っ手の気配は感じられない。どうやら振りきったようだ。

ほっとして足をゆるめる。必死に走り続けて、息が荒い。

兄者はどうしたろうか。息をととのえつつ考えた。

気がかりだ。俺を逃がしてくれたのはいいが、どうしただろう。

自然と足が向かっているのは、住みかの裏店《うらだな》だが、兄者はやってくるだろうか。

胸のなかに重苦しい雲が渦巻いている。

大丈夫だ。

明るく考えようとしても、その雲を振り払うことはできない。むしろ重みを増し、腹にまで入りこんでこようとしている。

その重さに耐えきれなくなり、道を戻りはじめた。

やつらはまだあの場にいるだろう。

闇のなか、必死に足をはやめる。兄はどうしたのか、それを確かめたいという思いが背中を押していた。

いつの間にか涙が出てきていた。

兄は死んだ。その思いはどかすことのできない大石のように、胸にどっかりと居座っている。

くそっ。どうしてこんなことに。

なぜ賭場がばれたのか。たれこみか。それとも目付どもの探索力か。

いずれにしろ、と苦い思いを嚙み締めつつ思った。お由岐《ゆき》とのことはこれでもうおしまいだな。

ちょうど追っ手の五人が隊列に合流するところだった。

町屋の軒下に身をひそめ、じっと見た。

兄はどこか。見当たらない。

徒目付どもはなにかを話し合っている。見当はつく。俺の行方だ。ここで捜しはじめるか、明日、日がのぼるのを待ってからにするか。

どうやら後者を選んだようだ。やつらは歩きだした。

全部で七つの戸板があることに気づいた。一つ一つに目を凝らす。

五つ目の戸板から目が離せなくなった。

仰向けに寝かされ、だらりと腕を垂らしている。

憎しみがわいてきた。

誰が兄者を殺《や》ったのか。一人しか思い浮かばない。

目に力をこめて捜した。

眼差しを感じたようにこちらを見た男がいた。

やつだ。

今すぐにでも殺りたかったが、しかし無理だ。得物すらないのだ。

まずは身元からだ。名はなんというのか、どこに住んでいるのか。

体をひるがえしたが、路地を入ったところでいきなり行く手をふさがれた。

捕り手か。殴りかかっていったが、強烈な力に押さえつけられ、組み伏せられた。地面にぐいと顔がつけられる。

男の腕ががっちりと首にかかっており、力士にでも乗られたかのように体はまったく動かない。

「勘ちがいするな」

男の声が降ってきた。意外にやわらかで、害意らしいものは感じられない。

「兄の仇を討ちたいか」

「きさまは誰だ。なぜそんなことをきく」

「答えろ」

「当たり前だ」

「名は」

「きさまこそ名乗れ」

男が力を入れた。首が押され、息が通らなくなった。

「和田竜之進《わだたつのしん》だ。……あんたは」

返ってきたのは無言だった。

「やつは久岡勘兵衛という。住んでいるのは番町だ」

こちらの心を読んだかのように告げる。

「本当か」

「嘘をいってもなんの益もあるまい。――いいか、俺が仇討の機会をつくってやろう。ついてこい」

そういわれても信用できるものではなかった。竜之進は顔をねじ曲げ、男を見ようとした。しかし視野に入ったのは、がっしりした右肩だけだ。

「どうしてそんなことをする。俺に仇を討たせて、得になることがあるのか」

「あるさ」

男が断言した。

「どういうことだ」

「どうする、ついてくるのかこんのか」

四

「丸富屋《まるとみや》か。ふむ、ここでまちがいないな」

店の前に出ている看板を見て、修馬が深くうなずく。

胴元の栗田伝左衛門から、賭場の用心棒をつとめていた兄弟の名は和田幹之進《みきのしん》、竜之進ということがわかった。二人を雇ったのは丸富屋という口入屋《くちいれや》を通じてということで、勘兵衛と修馬はさっそくやってきたのだった。

店は麻布桜田町《さくらだちょう》にあった。まわりは西側の一角を除いて、ほぼ武家屋敷ばかりといっていい。

このあたりに来るのは勘兵衛ははじめてだったが、桜田町という町名の由来は耳にしたことがある。

もともとは、奥州《おうしゅう》征伐の成功を願って源頼朝《みなもとのよりとも》が稲荷領を寄進したときに植えた桜の木がはじまりとなっているようだ。そこは江戸城の門の名にまでなっている桜田のことらしいが、のちにそこが公儀《こうぎ》に召しあげられて麻布のこの場所が代地とされ、あらためて桜田町と称したという。

二人は暖簾を払った。むっとかび臭さが鼻先にまとわりついた。

外はいい天気で明るいが、その明るさが届かない三和土《たたき》の奥に一段あがった畳敷きの間があり、そこで男が帳面になにか書きつけていた。

「おい、おぬしがあるじか」

修馬が声をかける。

男がはっとしたように顔をあげた。あわてたように膝をあげ、三和土へおりてくる。

「これは気がつきませんで、失礼いたしました」

ぺこぺこ頭を下げる。二人の身なりを見て、首をかしげる。

「あの、今日はいかがされました。お仕事を探されているのですか」

「いや、ちょっとききたいことがあってな」

腕を組んだ修馬がわざと尊大そうにいい、こちらが役人であるのが相手に伝わったらしいのを確かめてから続けた。

「和田幹之進、竜之進兄弟を存じているな」

あるじはほとんど考えもしなかった。

「はい、この近所に住まわれている浪人さんです。何度か仕事を紹介いたしましたが」

「どこに住んでいる」

あるじが腕を伸ばした。

「ここから一町《ちょう》ほどでしょうか」

前の通りを左に行き、最初の角を右に入ってすぐの路地に二人が住む裏店はある。

「あの、お二人がなにか」

修馬が説明した。

「ええっ、そんな大それたことを」

店主は仰天した。

「栗田屋敷にはあの二人をよく紹介していたのか」

「はい、腕のいい者を吟味して入れてくれるようご依頼がございましたので、まさに格好でした」

「二人とはいつからの付き合いだ」

「おつき合いはかれこれ三年ほどにはなりましょうか。栗田さまへ紹介させていただいたのは、一年半ほど前でございます」

そんなに前から栗田伝左衛門は賭場をひらいていたことになる。

「おぬし、栗田屋敷での仕事の中身を存じていたか。賭場の用心棒だが」

「ええっ、滅相もない。まさか賭場だなんて。そんな事情でしたら、決して受けませんでした」

泡を食ったようにいって、店主が続けた。

「大きな声ではいえぬのだが泥棒がしょっちゅう入って困っておるのだ、とご用人《ようにん》は申されました」

「和田兄弟だが」

勘兵衛は店主の顔を向けさせた。

「栗田伝左衛門になにか恩義を感じていたのか。それとも、恩義を感じるようななにかがあったのか」

「恩義とはちがうかもしれませんが、栗田さまは二人のことをとても気に入り、いずれ召し抱えることを約束したようなのです。それだけでなく、仕事が一区切りつくたびに、多額の金子《きんす》も与えていたようです」

急襲されたとはいえ、金で雇われている用心棒が徒目付を斬り殺すまでの真似をせずともよかったのでは、との思いが勘兵衛にはあった。

抵抗などしないでおとなしく縛についていれば、おそらくお叱りくらいで解き放ちになったはずなのだ。

なにか理由があってあそこまでのことをしたはずだったが、今の言葉をきいて勘兵衛は腑に落ちるものを感じた。

二人は栗田伝左衛門のことを、本当の殿のように思っていたのだろう。

丸富屋を出た二人は、町役人のつめる自身番《じしんばん》へ向かった。

長屋の家主という年寄りを一人連れだし、和田兄弟の住みかへ急いだ。

「こちらでございます」

長屋の木戸の前にやってきた年寄りがうやうやしく腰をかがめた。

江戸のどこにでもある裏店で、どぶの臭《にお》いが濃く漂う路地をはさんで七つの店同士が向かい合っている。

右側の一番奥に年寄りは立った。すぐそばに厠があることもあり、息をしたくなくなるほどの臭気が鼻をつく。

ここか、と修馬が目できく。年寄りははい、と小さく返してきた。

修馬が脇にどく。うなずいて勘兵衛は障子戸の前に立ち、なかの気配を嗅《か》いだ。じっと探ったが、人がいるとは思えない。まちがいなく無人だ。

「あけるぞ」

勘兵衛は障子戸をひらいた。

四畳半と台所があるだけのありふれた店だ。

二組の夜具が壁際に寄せてあり、それには二つの枕《まくら》がのっている。あとは箪笥《たんす》に行灯《あんどん》、火鉢、飯びつ、刀架《とうか》、肉親のものらしい位牌が目につくくらいだ。

いかにも男兄弟が住んでいるといった素っ気なさが、店のなかにはある。

あがりこんで調べてみたが、行方に通ずるような手がかりは残されていなかった。

二人は路地に出た。

「帰ってきてないな。どこへしけこんだものか」

修馬が家主に顔を向けた。

「弟の竜之進だが、女はいたか」

「そこまでおききしたことはございません」

「友はどうだ」

「さあ、存じません」

「あの位牌だが、両親のものか」

「そうきいております」

「二人はいつから住みはじめた」

「三年ほど前です」

「ここには兄弟でやってきたのか。それとも両親とともにか」

「いえ、兄弟でいらっしゃいました。以前は別の長屋に両親と一緒に住んでいたらしいのですが」

「ここにはどういう縁でやってきた。長屋に知り合いでもいたのか」

「いえ、ただ住みかを探している最中、ほかの家作《かさく》にしてあった張り紙を目にしたようです」

「前はどこに住んでいた」

「麻布市兵衛町《いちべえちよう》とききました」

「長屋の名は」

「きいたのですが……申しわけございません、思いだせません」

「二人がどこの出身かを話したか」

「上総《かずさ》とききました。店に入るにあたり、手前が請人《うけにん》に」

「もとはなにをしていたと」

「生まれてからずっと浪人らしいです。父上は上総久留里《くるり》のご家中だったそうですが、二人がまだ幼かった頃、なにかしくじりをされて主家《しゆか》を出ることになったみたいです」

主家を放逐された父。その姿をずっと見て育ったから、兄弟はなんとしても仕官への道をひらきたかったのだろう。

それから勘兵衛たちはすべての店を訪ね、和田兄弟に関することについてきき続けた。

一つ、兄弟の隣の店の女房が思いだしたことがあった。

「一度だけですが、竜之進さんに娘さんが訪ねてきたことがありましたよ」

「いつだ」

修馬が顔を近づける。

「二月ほど前ですか。まだ暑いときでした」

「娘の名を知っているか」

「いえ。でも前の長屋で一緒だったと竜之進さん、いってました。とてもきれいな方で、あたし、びっくりしちゃったんですよ」

「用はなんだったのかな」

「きいてみたんですけど、答えてもらえませんでした。そういえば娘さん、別れ際に泣いてましたよ」

「泣いていたか。そうか、ありがとう」

修馬が礼をいって、女房のもとを離れた。

「勘兵衛、市兵衛町に行ってみるか。その女のところにしけこんでいるのかもしれんぞ。——おい、長屋の名は思いだせぬか」

問われて家主は困った顔をした。

「申しわけございません」

五

麻布市兵衛町は広い道に面していたが、町地自体はせまかった。

これなら、さほど手間をかけることなく和田兄弟が住んでいた長屋を探しだせるかもしれない。

自身番に寄り、町役人に話をきいたら、案の定すぐに長屋は知れた。

同時に竜之進と親しくしていた娘の名もわかった。お由岐という娘だったが、ただし、もう長屋にはいないという。

二月前にある料理屋に住みこみで奉公に入ったのだ。唯一の血縁である母親が二月前に病死し、長屋を出ていったのだ。

「そのお由岐という娘は、母の死と料理屋へ奉公することを伝えに竜之進を訪ねてきたようだな。町役人の話では、二人は将来を誓い合っていたとのことだが、もうそれもなくなっちまったな」

歩きながら修馬がいい、勘兵衛は同意した。

「まったくだ。竜之進としては仕官が決まったら、お由岐を嫁に迎えるつもりでいたのだろう」

「しかしお由岐は住みこみか。竜之進がしけこんでいるという筋は薄くなったかな」

「かもしれぬが、確かめぬわけにはいかんな。許嫁《いいなずけ》であるなら、ほかに立ちまわりそうなところも知っているかもしれんし」

料理屋はなかなか立派だった。門は小さいがつくりが精巧でいかめしく、ぐるりをめぐる高い黒塀もしっとりとしたつやを放ち、暖簾の古さを感じさせた。右手に鬱蒼《うっそう》と茂る木々が風に吹かれて心地いい音を立てており、その木々の手前がどうやら広い庭になっているようで、そちらからは抑えのきいた鹿威しの音がきこえてきている。

「ふむ、堀内《ほりうち》か。なかなかいい名だな。武家や富裕な商人ばかりを相手にしているようだ。留守居役《るすいやく》同士の折衝とか、商家が賄方《まかないかた》を接待するとか」

打ち水がされた入口を入った。

すぐに追廻《おいまわし》らしい店の者がやってきた。相すみません、と頭を下げる。

「まだなものですから……」

かまわず修馬が身分を告げた。

「お由岐に会いたい。いるか」

「は、はい、少々お待ちください。いえ、あの、なかでお待ちになりますか」

「ここでよい。はやく呼んでこい」

はい、ただいま。追廻が長い廊下の向こうに姿を消し、やがて店主らしい恰幅《かっぷく》のいい男に連れられて若い娘が姿を見せた。

「あるじの良造《りょうぞう》と申します」

頭を深々と下げる。お由岐らしい娘もそれにならった。

「あの、お由岐がなにか」

上目づかいにきく。

「いや、なにもしておらぬ。ききたいことがあるだけだ」

「と申しますと」

「あるじ、おぬしは遠慮してくれ。あとでお由岐からきくのはかまわんが、今は頼む」

承知いたしました。あるじはもう一度頭を低くしてからお由岐をちらりと見、それから廊下を下がっていった。

「すまんな、忙しいところを」

「いえ、掃除をしていただけですから……あの、おききになりたいというのはどのようなことですか」

「ここではちょっと話しにくいな。外に出るか」

勘兵衛がいうと、修馬がうなずいた。

道に出て、塀際を少し歩いた。

「よし、ここでよかろう」

修馬が足をとめたのは、庭から張りだしている大木の枝がやわらかに陽射しをさえぎり、風が心地よく吹き渡っているところだった。

修馬がお由岐に向き直る。勘兵衛もそっと目を当てた。

長屋の女房がいっただけあって、きれいな娘だった。眉がくっきりと濃いが、そのことが黒々とした瞳も際立たせているというのか、この娘の持つ控えめな華やかさを強調している感がある。丸みを持つ頬とやや厚い唇は、穏やかな性格をあらわしているようだ。

「おぬしの許嫁だが」

なにがあったか修馬が淡々といってきかせると、さすがにお由岐は顔色を青ざめさせた。額に手をやり、ふらりとよろめいた。

「大丈夫か」

修馬が手を差しだしかけた。

「は、はい」

心の動揺を必死に静めようと大きく息をつく。目から涙があふれだし、頬を濡《ぬ》らした。

「すみません」

手のひらでぬぐい、顔をあげる。

「どうして竜之進さんはそんなことを。それに幹之進さんが死んじゃうなんて……」

「竜之進だが、おぬしに会いに来たか」

お由岐は首を振った。

「来てくれていたらどんなにいいかと思いますが、残念ながら」

「竜之進が行きそうな場所に心当たりは」

「いえ、ありません」

「竜之進だが、やさしい男だったか」

これは勘兵衛がきいた。

「ええ、とても。幼い頃から私だけでなく長屋の子たちみんなに。ですから、どうしてそんなことをしたのか、信じられません」

「おぬし、歳は」

「二十二です」

「ここで働いているのは楽しいか」

「はい、とても。店の人はよくしてくださいますし、いろんな人に会えますし」

これかな、と勘兵衛は竜之進がそこまでやってしまった理由が見えた気がした。

竜之進は焦っていたのではないか。仕官をかなえ、はやく妻にしないとどこか裕福な男にお由岐を取られてしまうのでは、と。

これだけ美しい以上、勘兵衛も男として竜之進の気持ちがわからないではないが、見る限り、お由岐の気持ちはぶれることなくまっすぐ竜之進に向けられていたようだ。

結局、その後は竜之進が行きそうな場所を一つとして見つけることができなかった。

江戸の町を竜之進の姿を求めて必死に歩きまわったが、どの町の自身番にたずねても竜之進の姿を見た者はいなかった。

日暮れ近くになって、ここは戻るしかあるまいということになり、勘兵衛と修馬は城への道を取った。

詰所に入り、今日一日の行動を麟蔵に報告した。

「そうか。竜之進には想《おも》い女がいたか。いずれあらわれるかもしれんな。よし、張り番をつけよう。二人とも帰っていいぞ」

一応、勘兵衛は先輩たちの探索の進み具合をきいてみた。

竜之進が逃げた界隈《かいわい》を小者も動員して調べたが、どこにひそんだのか、竜之進の痕跡《こんせき》はなに一つとして見つからなかったという。あの付近の町役人たちにも徹底して町中をききこませたが、町の者は誰一人として竜之進を見ていなかった。

ただ、深夜、立派な身なりをした武家の二人連れが町の木戸を次々に通っていったのがわかっているだけだ。

「武家ですか」

「あの時刻だからな、確かに気になる。調べさせているが、その武家が竜之進と果たして関係しているものか」

「栗田伝左衛門は」

「牢だ。仕置に関してはもはや申すまでもなかろう」

「ほかの者たちは」

「栗田の家臣の主だった者はあるじと同罪、その他の家臣や武家の客は遠島だろう。大名の家臣どもについては、その大名家にそれぞれ預けだ。町人たちは江戸払か。まず遠島にはなるまい」

麟蔵は苦渋に満ちた表情になった。

「しかしそんなことはどうでもよい。あのようなことで六人もの命が失われたのは、どうにも取り返しがつかぬ。手練の用心棒のことはすっぽりと抜け落ちていた。もし最初からわかっていたら、と思うと……」

六

麟蔵の前を下がり、日誌をしたためた勘兵衛たちは城を出た。途中で修馬とわかれ、勘兵衛は提灯を手に一人で道を歩いた。

空を見あげる。昼間は晴れて暑いくらいだったが、今は雲に覆われつつあり、星の瞬《また》きもぽつりぽつりと雲の薄いところを選んでしか見ることができない。月は東の空にあり、にじむような黄色で雲を染めている。

夜の到来と同時に北風が吹きはじめ、こうして歩いている分には寒さは感じないものの、ときおりぞくりとする冷たさが襟元《えりもと》を縫うように侵入してくる。

北風に運ばれたように、うっすらと霧のようなものが流れてきている。顔に当たるとほんのりと肌を湿らせ、まとわりつくようにしてうしろへ去ってゆく。この霧のために、提灯の明るさは心許《こころもと》ないものとなり、闇の色はさらに濃くなったようだ。

屋敷までの最後の辻《つじ》番所をすぎ、残りはあと一町ほどになった。

最近は屋敷が近くなるとほっとするものを覚える。そして、美音のそばで眠りにつくときが至福のときだ。

もっとも、つとめに出なければならない朝が駆け足でやってきて、至福のときはほとんど一瞬で終わってしまうのだが。

すでに道は隣の屋敷にかかっている。その門をすぎたとき、背後から霧を突き破るように影が躍り出たような気がした。

勘兵衛は刀に手を置き、すばやく振り返った。

闇と霧の向こう、五間ほどをへだてて男の立ち姿がぼんやりと見えている。さらに深まった霧のせいで男の顔は見えず、背丈も体格もはっきりしない。

霧を突き抜けて、強烈な殺気が発されている。勘兵衛は息をするのもむずかしいほどの圧迫感を覚え、うしろに下がりかけた。

腹に力をこめ、その場に踏みとどまる。

「何者だ」

一瞬、竜之進かと思ったが、あの男にこれだけの力はない。

霧のなかにたたずむ風情《ふぜい》の男は沈黙を守り、じっと見つめている。

「俺に用らしいな。昨夜もつけていたよな。用があるならここでいったらどうだ」

だが、男は口をひらこうとしない。強烈な殺気を放ったままその場に立っている。

顔を見たかった。勘兵衛はすばやく歩を進ませ、高く提灯をかざそうとした。

男が無駄だといわんばかりに首を振り、体をひるがえした。だっと地を蹴り、闇を切るように走りだした。

提灯を地に叩きつけるようにして勘兵衛は追った。だが、追いつくことはできず、半町ほどで振りきられてしまった。男の影はあっけないほど簡単に、夜の向こう側に消えていった。

何者だ。

立ちどまって勘兵衛は男の去ったほうをにらみつけていたが、力を抜くように肩を一つ上下させると、きびすを返した。

その後はなにごともなく屋敷に帰り着くことができた。

「どうかされたのですか」

着替えを手伝っている美音にきかれた。

「お顔の色が少し青いように」

勘兵衛は男の話をした。

「さようですか、そのような男が」

さすがの美音も表情に影を落としている。

「でも、あなたさまにとってはいつものことではないですか」

勘兵衛と自分を励ますようにいう。

「きっと今度も乗り越えられるに決まっています」

勘兵衛は、もう寝ている史奈の顔を見た。抱きあげて頬ずりしたかったが、せっかく寝入っているのを起こすのはかわいそうだった。

食事をとり、風呂に入った勘兵衛は眠りについた。美音を抱きたかったが、今は眠りのほうを体は欲しているようだ。

あまり深い眠りではなかった。何度かうなされ、そのたびに起きあがった美音が抱き締めてくれたような気もする。

目が覚めた。同じ夜具に美音がいた。

美音も目を覚ましていた。

「今、何刻《なんどき》かな」

「六つ（夜明け頃）前でしょう」

出仕にはまだだいぶ間がある。

勘兵衛は美音を引き寄せた。

四半刻後、満ち足りた思いで体を起きあがらせた。

顔を洗い、朝餉をとり、身支度をととのえた。

いい気分で屋敷を出た。

勘兵衛の気持ちを反映するかのように頭上には雲一つなく、あがったばかりの太陽が放つ光がまっすぐ突き刺さってくるが、暑さはない。大気が乾いているせいで、風はさわやかだった。

「おう、いい顔色をしているな。なにかいいことでもあったか」

詰所でいきなり修馬がいってきた。勘兵衛が答える前ににやりと笑う。

「奥方だな。やはりいるといないとでは大ちがいのようだな」

「修馬はまだなんだよな。もらう気はないのか」

「今のところはな。いずれだ」

二人で麟蔵に朝の挨拶をした。その場で勘兵衛は昨夜のことを報告した。ゆうべ寝床で考えついたことも併せて話した。

「ほう、そんな男が」

麟蔵が体を前に傾けるようにした。

「なるほど、その何者かが身なりの立派な武家で、今も竜之進をかくまっているというのは十分に考えられるな」

深くうなずく。

「その男に見覚えはないのだな」

「見覚えがないと申しますより、深い闇と霧のなかで顔を見ることができなかったのです」

「そうか。おまえたちはまだ夜目《よめ》がきかなかったか。そうであったな。一度、鍛錬をせねばならぬな」

「どんな鍛錬です」

修馬が瞳を輝かせてきく。

「楽しみにしていろ。――勘兵衛、その男に関して思いだす努力をしろ。それだけの殺気を放つからには一面識もないということはなかろう」

「わかりました」

「今日帰ってきたら、きくからな。それまでに必ず思いだしておけ」

麟蔵に今日一日の行動を命じられた勘兵衛たちは城外に出た。とはいっても昨日の続きで和田竜之進を捜しだす、それだけのことだった。

だが見つからなかった。一日が、なにもできなかったという徒労感とともに流れ去ってゆく。

しかも、昨夜目の前にあらわれた男が誰なのか、勘兵衛は思い出すことができなかった。

そのことを帰城して正直に麟蔵に告げた。それで叱りつけられるようなことはなかった。

「そうだ。勘兵衛、修馬」

麟蔵が声を低くしていった。

「今田一家が見つかったぞ」

当主を久助といい、夜逃げをした六百石取りの旗本だ。

「どこにいたのです」

修馬がすかさずきく。

「自家の菩提寺《ぼだいじ》と親しくしている寺に身を寄せていた」

「それはまたずいぶんわかりやすいところにいたものですね」

「結局、江戸を離れられなかったのだろうな」

麟蔵が軽く息を吐く。

「今田が見つかったからといってなにが変わるというわけではないが、一つ仕事が減ったことがありがたい」

「今田どのはどうなるのです」

勘兵衛はただした。

「いわずとも見当がつこう。改易さ」

七

「おい、勘兵衛、なにか気にかかることでもあるのか」

翌日の出仕後、城外に出て修馬にきかれた。

「例の侍のことが頭から離れぬのか」

「ああ、どうも気になってな」

「思いだせぬか、やはり」

「ああ、なんとかひねりだそうと努力はしているのだが」

「勘兵衛、気分を変えたら、ひょいと出てくるかもしれぬぞ」

勘兵衛はにらみつけた。

「なにかたくらんでいる顔だな」

「ばれたか。ちょっと行きたいところがあるんだ。つき合ってくれ」

「また出入りじゃないだろうな」

さすがに修馬は苦笑した。

「出入りは当分ないよ」

「では、どこだ」

「着いてからのお楽しみだ」

修馬はさっさと歩きだした。

しばらく歩き、次に修馬が足をとめたのは本郷一丁目だった。

「あれ、ここは」

金貸しの本八屋だった。

「なんだ、用があるのはここだったのか。——ちょっと待て。俺は借りる気などないぞ」

「無理に貸そうなんてことはせんよ。安心してくれ」

ごめんよ。修馬が暖簾を払った。

「ああ、これは山内さま、お待ちいたしておりました」

立ちあがった八郎左衛門が横に動き、格子の端にあるせまく小さな戸をあけてこちら側に出てきた。

「おぬしからの呼びだしでは断ることなどできぬ」

「ありがとうございます」

八郎左衛門は小腰をかがめた。振り向き、奥の暖簾のほうに声を張りあげる。

「番頭さん、ちょっと来てくれるかい」

すぐさま暖簾を払って、四十すぎと思える男が姿を見せた。

「しばらく表を頼むよ」

承知いたしました。番頭が八郎左衛門がいたところに正座し、帳簿を見はじめた。

「では山内さま、こちらへどうぞ。――久岡さまもお入りになってください」

勘兵衛は躊躇した。どうして連れてこられたのか理由もはっきりしていないのに、入りこんでしまっていいものなのか。

「おい勘兵衛、ここまで来て往生際の悪い真似をするんじゃない」

修馬がさっさと戸を入ってゆく。腹のなかで舌打ちし、勘兵衛もくぐり抜けようとした。

「大丈夫か、引っかからんか」

勘兵衛はむっとした。

「当たり前だ、そんなにでかくはない」

「それはまたずいぶん遠慮した見方だな」

注意深く頭を入れたのが功を奏し、どこにもぶつけることなく勘兵衛は身を入れることができた。見ろ、と胸を張りたい思いだった。

「勘兵衛、別に誇るようなことをやり遂げたわけではないぞ」

最後に戸を入った八郎左衛門の先導で、奥の座敷に勘兵衛たちは落ち着いた。

年若い女中がお茶を持ってきた。三つの湯飲みを置き、静かに襖を閉めて立ち去った。

「見かけぬ顔だな。いつ入れたんだ」

「ほんの半月ほど前でしょうか。やはり女手がないと、奥のことはなかなかうまくいかないものです」

「まあ、そうなんだろうな」

修馬が茶を飲み、口のなかで熱さを取り去ってから喉をくぐらせた。

「ところで、用というのは」

「あの、御徒目付さまにこんなことを申してもよろしいものかと正直思ったのですが」

「なんだ、はっきりいえ」

「あの、ここしばらく手前、妙な気配を感じてならないのです」

「どういうことだ」

「誰かに見張られているというか、暖簾越しにのぞきこまれているような目を感じたりすることがたびたびございまして」

「それが誰かを調べてほしいのか」

「いえ、そういうわけではございませんで」

八郎左衛門は言葉を切り、少し間をあけた。

「押しこみに狙われているのでは、と思えてならないのです」

「押しこみだと」

修馬が片膝を立てかけた。

「そういえば、この前金貸しが襲われたばかりだな」

修馬が勘兵衛を見る。

「ああ、それなら俺も知っている。だがあれは深川《ふかがわ》のほうだろう。急にこのあたりまでやってくるかな」

「久岡さまのおっしゃる通り、深川の同業を襲った者とはちがうかもしれません。でも、一度そういう事件があると、真似を考える輩《やから》が出てこないとも限りません」

「それはいえるな。それで八郎左衛門、俺たちになにを頼みたいんだ。押しこみに本当に狙われているかどうか、調べてほしいのか」

八郎左衛門は少しもじもじした。

「いえ、そういうわけではないのです。あの、用心棒をお頼みしたいのです」

「なんだと」

これは勘兵衛がいった。

「冗談ではないぞ、修馬」

「まあ勘兵衛、そんなに熱くなるな」

修馬が肩を叩く。

「八郎左衛門が怖い思いをしているのはまちがいないぞ。俺たちでなんとかしてやろうじゃないか」

はっと気づいて、勘兵衛はぎろりと見た。

「修馬、おまえ、はなから用心棒のことは承知で連れてきたな」

ははは、と修馬が笑った。

「ばれたか。さすがにお頭に引き抜かれるだけのことはある。勘兵衛、鋭い」

悪びれる様子もなくいって、悠然と茶を飲んだ。

「一日中ここにつめろとはいわん。一日のうちほんの二刻（約四時間）だけでいいんだ」

「できるわけがなかろう」

勘兵衛は一蹴《いっしゅう》した。

「そんな冷たいいい方せんでくれよ」

修馬が困った顔を見せた。

「八郎左衛門はな、真っ当な金貸しなんだ。この前も話したように、よそより利は安いし、取り立てだって手荒な真似をするわけではない。こうしてじかに顔を見ればわかるだろうが、うらみを買うような人柄でもない。八郎左衛門がいてくれるおかげで、多くの人が助かっているんだ。江戸でも滅多にいない奇特な男を勘兵衛、見殺しにしていいと思うか。押しこみは、八郎左衛門が金貸しというだけで狙ってきているんだぞ」

もし断ったら人として恥ずかしいことをしているような気分になった。いやこれが修馬の手だ、と思い返し、勘兵衛は首を振った。

「俺たちがやるべき仕事ではない」

「では、誰がやる」

「町方には伝えたのか。例の手塚とかいう同心だっているだろう」

「もちろん頼んではいるさ」

当然という顔で修馬が返してきた。

「だが、町方も金貸しにはあまりいい顔をせんからな。自業自得《じごうじとく》だろう、とでもいいたげだ。手塚さんがそうとはいわぬが、八郎左衛門からさんざん小遣いをもらっているくせになにもしようとしてくれぬ。逆に八郎左衛門が死んだら借金帳消しだ、という気持ちすらあるのでは、と思える」

長広舌《ちょうこうぜつ》に喉が渇いたようで修馬がまた湯飲みを傾けた。空なのに気づいて、勘兵衛の湯飲みに手を伸ばす。

「もっとも、町方にはもともと期待できぬからな。見まわりに繁《しげ》く来てくれるのがせいぜいだろう」

勘兵衛は修馬から湯飲みを取り返し、唇を湿した。

「だったら本物の用心棒を雇えばいい」

「もちろん雇っているさ。夜のあいだだけだがな」

「だったら俺は要らぬではないか」

「問題が一つあるんだ」

「なんだ、問題って」

どうも修馬の術中にはまっている気がしないでもないが、勘兵衛はきかずにいられなかった。

「腕がどう見ても立ちそうにないことだ」

「遣い手を雇えばすむことだ」

「そんなに簡単に遣い手が見つかると思うか。口入屋だって手持ちの用心棒には限りがあるだろう。八郎左衛門だって金に糸目はつけぬから、と頼んではいるんだ。だが、いいのはさっぱりやってこぬ」

修馬が口許《くちもと》をゆるめた。

「だが、幸いなことに俺には久岡勘兵衛というすばらしい遣い手が相棒としている。この男ならきっと八郎左衛門のために役に立ってくれると、連れてきたんだ」

修馬がすっと頭を下げた。

「な、勘兵衛、この通りだ。頼む。それから、今度は金はだす。ただ働きにはさせぬ」

おい修馬、と勘兵衛は呼びかけた。

「本当に昼間の二刻だけでいいんだろうな」

なにをいっているんだ、と勘兵衛のなかのもう一人が口をだしてきたが、もうおそかった。

「ありがたい、勘兵衛。やってくれるか」

躍りあがらんばかりの喜びようだ。その姿を見て、勘兵衛もなぜかうれしさがこみあげてきた。

「八郎左衛門のおかげで、この前の探索が進んだのは紛れもない事実だからな。その借りを返すのは当然のことだ」

「ほう、勘兵衛。いいことをいうな。今度つかわせてもらっていいか」

「勝手にしろ。――そういうわけだからな、修馬。金はいらぬ」

「いえ久岡さま、そういうわけにはまいりません。きっちりとお支払いいたします」

「いらぬ」

「だったら俺が預かっておく。ほしくなったら勘兵衛、いつでもいってくれ」

うれしそうな笑みを浮かべて修馬がいった。

八

しかし、どうしてこんなことに。

修馬にいわれるままに勘兵衛は用心棒として奥の座敷に座りこんでいる。本八屋に用心棒としてやってきて、すでに三日がたとうとしていた。

その間、なにも起きていない。本当に狙われているのか疑いたくなるほどの平穏さである。

それにしてもあいつは口がうまいな。

勘兵衛は、修馬の手のひらの上で転がされているような気分だ。

もし麟蔵にばれたらどうなるか。

三日たった今でもそのことを思っただけで気が気ではない。減知ではすまされないのではないか。改易もあるかもしれない。

修馬は勘兵衛を本八屋に置いて、今日も市中の見まわりに出かけた。修馬だけでもそれなりに動いていないと、帰ってから麟蔵に報告することがない。嘘の報告をすれば、麟蔵は必ず見破る。

城を出た勘兵衛と修馬はだいたい四つ半（午前十一時）には店にやってくる。修馬は一人出かけ、勘兵衛は昼飯を馳走《ちそう》になって、八つ半（午後三時）には裏口から店を出る。裏口から出る際、常に怪しい者がいないか確かめている。だが、今のところそんな気配は微塵《みじん》もない。

麟蔵への報告も帰城前の口裏合わせのおかげかうまくいっており、麟蔵にも変わった様子がない。

日誌はできるだけ言葉を変えるようにはしているが、ほとんど修馬のを丸写しにしているも同然だ。

しかし、そんなことを続けていればいずれ麟蔵に気づかれるのは紛れもなく、勘兵衛の気疲れは泥の着物でも着せられたかのような重たいものになっている。

修馬のほうはいたってのんびりしたもので、いつもにこにこしている。

この日も八つ半に勘兵衛が店を出てくるのを待ちわびたように近づいてきた。

「勘兵衛、顔色が悪いぞ。そんなにびくつきなさんな。ばれるわけ、ないだろうが」

「修馬は本当のお頭を知らんから、そんなお気楽をいっていられるんだ」

「でもいくらお頭だからって、なんでも見通せるわけではないんだろう」

「いや、あのお人のことだからな、わからんぞ」

「まさか」

「何度もいうが、あの人は人離れしているんだ。耳のことだって、最初は信じなかっただろうが。――しかし修馬、どうして本八屋に肩入れするんだ」

「それもいずれ話す」

うつむき加減に修馬がいった。


その翌日のことだった。この日は七つから八郎左衛門の親類の法事が近くの寺であるということで、店は勘兵衛が帰る八つ半の早仕舞《はやじまい》が決まっていた。

勘兵衛は八つ半前に帰り支度をはじめた。表のほうからも仕事を終えようとしているらしい人の動きが、さざ波となって座敷に届いてきている。表に戸を閉《た》てる音も響いてきた。

さて、もういいかな。

長脇差ではなく、自前の剛刀を手に勘兵衛は立ちあがろうとした。長いこと座っていたせいで、足が少ししびれている。座り直し、足をさすった。

ふと勘兵衛は手をとめた。

表のほうから騒ぎらしい物音がきこえてきた。刀を握り、片膝を立てて耳を澄ませた。

怒号に悲鳴がまじっている。

「本当に来たのか……」

どうにも信じられず、つぶやきが口から漏れた。

いや、それとも客とのいさかいか。いや、声はさらに高く激しいものになっている。あれは客の声などではない。

まさか、この真っ昼間にやってこようとは。どこかで今日の早仕舞をききこみ、閉店間際を狙ってやってきたのだろう。

腰に刀を差しこんで勘兵衛は表に向かって駆けだした。

まず見えたのは、土間にいる頭巾をした四人の浪人ふうの男だ。戸を閉めに外へ出たらしい手代《てだい》に、一人が抜き身を突きつけている。

四人か。

予期していたより多いが、ためらっている場合ではない。勘兵衛は刀を抜いた。ただ、格子の端の戸を通って土間には行けない。戸を抜けている最中に刺し殺されかねない。

勘兵衛は即座に身をひるがえし、裏へ駆けた。裏口から外に出て、道を歩いていた商家の奉公人らしい男をつかまえ、賊が押し入ったことを町方に伝えてくれるように頼んでから、再び走りだした。

表口は完全には戸が閉まっていなかった。そこから賊どもは押し入ったのだ。

勘兵衛はその隙間に身をそっと入りこませようとしたが、またも頭が引っかかり、戸が派手な音を立てた。

くそっ。自らに毒づいてから勘兵衛は土間に走りこんだ。

いきなり抜き身を手にあらわれた侍を目にしても、浪人たちに驚きはなかった。

「なんだ、きさまは」

勘兵衛をじろじろ見る。

「用心棒か。そうとは思えん身なりだが。——刀を捨てろ。捨てんと、この男を殺すぞ」

刀を突きつけられている手代の顔面は蒼白《そうはく》で、刀尖が触れている首筋にかすかに血がにじんでいる。

格子のそばで立ちあがっている八郎左衛門が勘兵衛を見ている。

「ひさお……」

勘兵衛を呼びかけて、とどまった。

「はやく捨てろ。殺すぞ」

「じき町方がやってくる。殺すなどという手間をかけているより、はやく逃げだしたほうがいいのではないか」

さすがに賊どもに動揺が走った。

勘兵衛はその隙を見逃さず、一気に間をつめて刀を振りおろした。

峰を返した刀が、手代を人質にしている浪人の左肩を痛烈に打った。

浪人は刀を取り落とし、さらに勘兵衛が放った逆胴を受けて、うめき声をあげて土間に崩れ落ちた。

「逃げろっ」

勘兵衛が叫ぶと、手代はあわてて外へ駆けていった。

勘兵衛は残りの三人と向き合った。

「どうする。やるか。それとも逃げるか」

「なめるなっ」

怒号とともに右側の浪人が刀を振りあげてきた。

勘兵衛は軽々と弾きあげ、がら空きの胴に刀を叩きこんだ。その浪人は声もなく土間に横たわった。

「まだやるのか」

目の前の二人に声をかける。

「くそっ」

左側の浪人が踏みだしざま刀を袈裟に振ってきた。勘兵衛は叩き落とし、返す刀を胴に持っていった。

蛙《かえる》が潰れたような声をだした浪人は、倒れたばかりの浪人の上に尻餅をついた。寝転がるように仲間に重なってゆく。

「どうする」

勘兵衛は最後の一人を見据えた。

この男はまだ刀を抜いていない。どうやら居合遣いのようだ。

一見したところ隙だらけでたいした腕ではなさそうに思えたが、油断はできない。目の輝きがこれまでの三人とちがうし、勘兵衛の腕を目の当たりにしたのに腰が引けてはいない。

勘兵衛はじりと間合をつめた。浪人が腰を落とし、刀に手を置いた。

浪人の体に並々ならぬ気迫が満ち、隙が瞬時に消え去った。

勘兵衛は浪人を見直した。相当の遣い手で、押しこみにしておくにはもったいない腕前だ。

用心棒になればよかったのに。勘兵衛は浪人のために惜しんだ。

浪人がかすかに表情をゆがめ、勘兵衛をにらみつけた。その顔には、なにを憐れんでいるのだ、と書かれている。

勘兵衛にはすでに余裕がある。浪人は遣い手だが、負ける相手でない。対して相手は、気合負けしたように息づかいが荒くなってきていた。

さて勝負をつけるか。勘兵衛は踏みだそうとした。

そのときうしろに人の気配が立った。

まだいたのか。ひやりとしたものを感じつつ、勘兵衛は振り向きかけた。

「おい勘兵衛、なにをしてい——」

その声に誘われたように深い踏みこみを見せた浪人が刀を引き抜いた。胴に振られた刀が急激に伸びる。

がきん。勘兵衛はぎりぎりで受けとめた。

危うかった。冷や汗が鬢《びん》のあたりを流れ落ちてゆく。

だが、受けとめてしまえばこちらのものだ。

勘兵衛は浪人の刀を押し、相手との距離をつくろうとした。

浪人は必死に抵抗したが、勘兵衛のほうが力は上で、浪人はうしろにはねるように下がらざるを得なくなった。

そこをすかさず踏みこんだ勘兵衛は刀を打ちおろし、浪人の左肩を打ち据えた。口を斜めにねじ曲げて苦悶の表情をつくった浪人は刀を腕からこぼし、横向きに倒れこんだ。

全員が気絶しているのを確かめて、勘兵衛は刀を集めて土間の隅に放《ほう》った。

「勘兵衛、すまなかったな」

土間に入ってきた修馬が謝る。勘兵衛は刀尖を下に向けて、たずねた。

「手代が外にいなかったか」

「手代だと。いや」

「どこへ行ったんだ」

手代が店のなかがどうなっているか修馬に教えていたら、勘兵衛が肝を冷やすようなことにはならなかった。

まさかあの男が手引きを。いや、あのおびえようは本物だった。

「おい、八郎左衛門」

修馬が呼びかける。

「縄はあるか」

縄を手に番頭が奥から駆け戻ってきた。修馬は受け取り、土間の四人を手ばやく縛りあげた。

そこまで見届けて、勘兵衛は鞘に刀をおさめた。

「やっぱり勘兵衛を選んだのは正しかっただろう。ほかのやつだったら、有り金持っていかれてたぞ」

修馬が八郎左衛門に得意げにしゃべっていた。八郎左衛門は感謝の顔で頭を下げている。

相変わらず調子のいい野郎だ。

胸のなかでつぶやいた勘兵衛は、顔の汗をぬぐって外へ出た。

修馬も続いて出てきた。なにもしていないのに襟元の汗を手ぬぐいで拭いている。

「おい、勘兵衛」

修馬が指を伸ばしたが、勘兵衛もとうに気づいていた。

道をこちらに走ってくる町方の姿が見えている。総勢で二十名ほどいるが、そのなかに勘兵衛はあの手代の姿を認めた。

そういうことか、と思った。つまりは、手代なりに頭と体を働かせたのだ。

「あれ、久岡さんじゃないですか」

先頭で駆け寄ってきた同心の七十郎が驚いたように目をみはる。七十郎につきしたがう清吉も同じ表情だ。

「よう、七十郎」

勘兵衛は手をあげた。あげながら正直、助かった、と思った。

七十郎は修馬に気づき、会釈した。

「押しこみとききましたが」

挨拶もそこそこに勘兵衛にきく。

「なかを見てくれ」

のぞきこんだ七十郎が、おっ、と声をあげる。

「――こいつらですか。もう縛りあげてあるんですね」

「俺がやったんだ」

修馬がぐいと胸を張る。

「それはご苦労さまです」

「まあ、本当に苦労したのは勘兵衛だったんだけどな」

引っ立てるように七十郎が小者たちに命じた。賊たちが横から支えられるように連れてゆかれるのを見送って、顔を修馬に戻す。

「では、四人を倒したのは」

「そういうことだ」

七十郎が勘兵衛に尊敬の眼差しを向けてきた。

「さすがですね。これまでだって何度お手伝いしてもらったものか」

「旦那《だんな》、お奉行にお願いして、久岡さまを引き抜いてもらったほうがいいんじゃないですか」

「心から望みたいが、むずかしいだろうな。いや、決してかなえられぬ望みだな」

七十郎が残念そうに清吉にいった。

「でも、どうしてお二人はこちらに」

気づいたように七十郎がきく。

「ああ、それはな——」

修馬が説明しようとする。

「いや、七十郎。たまたまこの道を通りかかったら、なかから騒ぎがきこえてきてな、それで捕縛したというわけだ。——な、修馬」

「あ、ああ。そういうことだ」

勘兵衛はうしろに控えている八郎左衛門にも目を当てた。八郎左衛門はわかりました、というように深くうなずいた。

七十郎は怪訝《けげん》そうにしている。

「とにかく七十郎、そういうことにしておいてくれ。いずれ話せるときがきたら、ちゃんと話すから」

「なにか裏があるというわけですね」

じっと見つめてきた。

「どうやら、飯沼さんに知られたらまずいことなんですね」

「さすがだな」

「わかりました。お二人はたまたまこちらを通りかかり、下手人捕縛に力を貸した。上のほうにはそう報告しておきます」

「かたじけない」

「いえ、礼を申すのはそれがしのほうです。ありがとうございました」

「では七十郎、帰るがいいな」

「もちろんです。それがしは店の者に事情をきいてゆきます」

「ああ、そうだ。忘れるところでございました」

八郎左衛門が唐突にいい、修馬を塀際まで連れていった。懐から取りだした紙包みをそっと手渡している。

なにも七十郎の目の前でやらずとも。勘兵衛は心のなかで渋い声をだした。

ほくほく顔で修馬が戻ってきた。

「よし勘兵衛、行くか」

「ああ。——七十郎、清吉、またな」

町方の二人は深く辞儀をして、勘兵衛たちを見送ってくれた。

九

歩きはじめてすぐ修馬が空を見あげた。

「帰城するにはまだはやいな」

刻限は七つくらいで、秋の太陽はかげりつつあるが、まだ明るすぎるほどの陽射しを送ってきている。雲がほとんどない秋の空はすばらしく澄み渡り、どこまでも高い。その青の深さに深く息を吸いこみたくなる。

「勘兵衛、疲れたか」

「いや」

「なら歩けるな。ついてきてくれ」

修馬がにっと笑った。

「謎《なぞ》がついに解けるぞ」

「おっ、話す気になったのか」

「まあな。いろいろ迷惑をかけた。その罪滅ぼしの意味もある」

口数の多い修馬には珍しく、黙々と足を運んでいる。

着いたのは、小日向松枝町《こひなたまつがえちよう》だった。江戸川橋《えどがわばし》を渡ってすぐのところだ。近くには神田上水《かんだじようすい》に水を供給する大洗堰《おおあらいのせき》がある。

修馬は、せまい路地に面した一軒家の枝折戸《しおりど》を入っていった。なかからは、鳥のさえずりにも通ずる子供たちの騒がしい声がきこえてくる。

「おーい」

修馬が障子に向けて呼びかけた。

からりと障子がひらき、男の子が顔をのぞかせた。

「あ、修馬のお兄ちゃん」

その言葉を合図にしたようにぞろぞろと子供たちが出てきた。二十人はいるだろうか。

ここは手習所《てならいじよ》か、と勘兵衛は思った。それらしい看板は出ていなかったが。

「今日はなぜ外で遊んでおらぬのだ」

修馬がきくと、子供たちはいっせいに一人の男の子を指さした。

「一太《いちた》が昨日襖を破っちゃって、そのお仕置で全員、手習をやらされてるんだ」

広い座敷一杯に紙と筆が置かれている。いや、散乱しているといったほうが正しい。

「益太郎《ますたろう》は」

「お路《みち》おばさんと買い物に行った」

「それなのに、ちゃんと手習をしていたのか。感心だな」

「ちゃんとやらないと、お路おばさん、おっかないからね」

「そうそう、平気で飯、抜くんだよ」

「そんなことされたら、夜、おなか減っちゃって眠れないからね」

子供たちが口々にいう。

「修馬兄さん」

このなかでは年かさと思える女の子がきいてきた。

「そちらのお方は」

「ああ、そうだったな。紹介するよ。俺の同僚だ」

勘兵衛は名乗り、頭を下げた。

「おい、でっけえな」

「はじめて見たぞ、あんなの」

「見世物にできるんじゃないか」

「みんなでつかまえて、売り飛ばすか」

子供たちがひそひそ話し合っている。

「こらおまえら、なんてこというんだ」

修馬が一喝する。

「確かに頭は巨大だが、中身はけっこうつまってるんだぞ。なにしろ引き抜かれて徒目付になったくらいだ。刀の腕前だってすごいんだ。さっきだって——」

なにがあったか修馬は語ってきかせた。

「そりゃすごいね。四人の押しこみを退治したなんて」

「へえ、そんなに強いんだ」

「人は見かけによらないよな」

一応は尊敬の眼差しをしてくれたが、勘兵衛は苦笑するしかなかった。

「見かけによらないといえばな」

修馬が子供たちに語りかける。

「この勘兵衛の奥方はものすごくきれいだそうだ」

「お美枝《みえ》ちゃんとどっちがきれい」

「あ、馬鹿。なにいってんだよ」

一人の男の子が口にした一人をたしなめる。

「あ、ごめん」

「進吉《しんきち》、気にするな」

修馬が明るくいい、年かさの女の子に歩み寄った。

「お咲《さき》、益太郎に渡してくれ」

修馬は八郎左衛門から受け取った紙包みをそのまま手渡した。

「いつもありがとう」

お咲と呼ばれた女の子が目を輝かせて礼を述べる。

「いや、当然のことだ。じゃあ、これでな」

「えっ、もう帰っちゃうの」

お咲が寂しげに口にする。

「もっといてよ」

「そうだよ、はやすぎるよ」

ほかの子供たちも一所懸命に引きとめようとしている。

「そうしたいところだが、まだ仕事中なんだ。城に戻らなくてはならぬ」

修馬が子供たちに笑いかける。

「それに、手習の邪魔をしては悪い」

それで子供たちは手習の最中であるのを思いだしたらしい。一様に顔をしかめた。

「じゃあな、また非番のときにでもゆっくり来るよ」

修馬はくるりときびすを返した。勘兵衛も子供たちに一礼して、続いた。

しばらく歩いて家が見えなくなってから、修馬が口をひらいた。

「あそこはな、親と死に別れたり、生き別れたりした子供たちが暮らしているんだ。益太郎とお路というのは、あの子たちを世話している夫婦者だ」

少し間を置いた。

「あそこを誰がやっていると思う」

「わからぬ」

「本当にあまり考えることをせんな」

「はやくいえ」

「八郎左衛門さ」

まことか、といいかけて勘兵衛は言葉をとめた。

「そうだったのか。だから、あんなに肩入れしていたのか」

「まあ、そういうことだ。お美枝というのは、あの家で暮らしていた娘のことだ」

暮らしていたか、と勘兵衛は思った。つまり、あの家にはもういないということだ。

いや、この世にもういないということなのだろう。

勘兵衛の表情を見て、修馬がうなずく。

「そういうことだ。殺されたんだ」

「そうだったのか。下手人は」

答えはわかりきっていたが、勘兵衛はあえてたずねた。

「まだつかまっておらぬ」

勘兵衛は、手塚という同心が、まだだ、すまぬ、と謝っていた光景を思いだした。

「手塚さんとは、お美枝さんの一件で知り合ったのだな。お美枝さんが殺されたのはいつだ」

「半年前だ」

「今もその下手人を追っているのだな」

「そうだ。この手で必ずとらえるつもりでいる」

「とらえるのだな、殺すのではなく」

「前は殺す気でいた。もちろん今も殺したいという気持ちに変わりはないが、それではただの人殺しだろう。俺はそんなのはいやだ。お美枝も決して喜ぶまい」

修馬がゆがめた顔を前に向けた。

・

十

その後城に戻り、今日一日のことを麟蔵に報告した。麟蔵はいつもと同じように黙ってきいているだけだった。

勘兵衛は安堵《あんど》の息をついた。

「なんだ勘兵衛、どうしてほっとした顔をしている」

しまった、と思ったが、勘兵衛はつとめて平静な表情を保った。

「いえ、一日が無事に終わり、それで息が抜けてしまった次第です」

麟蔵にはなにかをおもしろがっているような色が浮かんでいる。

勘兵衛が見直すと、麟蔵はその色を一瞬で消した。勘兵衛が見まちがいだったか、と思ったほどのすばやさだ。

今のはなんだ、と勘兵衛はいぶかった。まさかすべてを知っているのではあるまいか。

いや、そんなことはあるまい。だが目の前のお方は……。

「どうだ、飲みに行かぬか」

麟蔵の前を下がり、日誌を書き終えたとき修馬が誘ってきた。

勘兵衛はさっきの麟蔵の表情が頭に残っており、どうにも心が晴れなかった。

「なんだ、どうした。気がかりでもあるのか。そんなときは飲んで忘れるのが一番だぞ」

「そうだな」

勘兵衛が同意すると、修馬は声を落として続けた。

「どうやら新入りを歓迎する宴《うたげ》も張られぬようだし」

城を出た二人はすっかり闇がおりてきたなか、それが癖になってしまった早足で道を歩いた。

「勘兵衛、どこかいい店を知っているのか」

「一軒だけなら。楽松《らくまつ》という店だが」

「おう、評判はきいている。うまくて安いらしいな。でもいつも混んでいて、なかなか入れんらしいじゃないか。予約しておらぬと、という話もきいているぞ」

「まあ、まかせてくれ」

「顔が利くのか」

修馬が笑い、すぐに顎を勘兵衛の頭に向けてしゃくった。

「それともそっちが利くのか」

「ほっとけ」

入口でしばらく待たされたが、店主自ら出てきて、二階の座敷の奥のほうへ案内してくれた。

間仕切りが立てられたその向こうに、勘兵衛たちは落ち着いた。

「いつもすまんな」

勘兵衛はあるじに礼をいった。

「いえ、とんでもない。お馴染《なじ》みさまは常に大事にしませんと、この商売、やっていけませんから」

両膝を畳についた店主の松次郎《まつじろう》がにこやかに笑い、修馬に瞳を向けた。

「ああ、こいつはな、俺の同僚で山内修馬という。口は悪いが、なかなか気のいいやつだ。覚えておいてくれ」

「山内さまでございますね。久岡さまのご紹介なら、決して忘れることはございません」

松次郎がきっぱりとした口調でいう。

「あるじ、よろしくな」

こちらこそよろしくお願い申しあげます、と松次郎が頭を下げる。

「ところで久岡さま、新しいお役目に移られたそうですね」

「ああ。あまり大きな声ではいえぬ役目だ」

勘兵衛は松次郎に耳打ちした。

「ほう、そうですか。それはたいへんそうでございますね」

「新入りなんで今のところはそうでもない。たいへんなのはこいつだ。俺はもう引きずりまわされている」

「そうでございますか。でも久岡さま、とても楽しそうでございますね」

「おう、わかるか、あるじ」

修馬が首を伸ばすようにして割りこんできた。

「そうなんだよ、勘兵衛は俺と知り合えてうれしくてならないんだ。勘兵衛、さっそく注文してくれ。このあるじのつくるものなら、なんでもうまそうだ」

勘兵衛は苦笑いしつつ注文したが、松次郎のおすすめにほとんどしたがった。なにを食べてもおいしいが、そのほうが特にまちがいがない。

注文を受けて、松次郎が襖の向こうに立ち去った。

「いいあるじだな」

「凄腕《すごうで》だぞ」

「そういう雰囲気はすごくあるな」

修馬が表情を引き締める。

「勘兵衛、今日は助かった。あらためて礼をいう。ここの勘定は持たせてくれ」

「いや、無理をするな。割り勘定でいいぞ」

「いや、そういうわけにはいかぬ。実際、俺のせいで危うくしてしまったし」

「それだけいうのなら、お言葉に甘えさせてもらうか。正直いえば、助かる」

「そうだろう。千二百石の当主と申してもしょせん婿養子だからな、自由になる金はあまりあるまい」

「馬鹿にするな。ここの勘定を持てるだけの金は持たされておる」

「持たされておる、か……。勘兵衛、婿養子はつらいな」

やがて酒と料理が運ばれてきた。刺身や煮物、焼き物がずらりと並んだ大皿が畳の上に置かれた。

「へえ、こりゃすごいな。ききしにまさるというのは、こういうことをいうのだな」

「よし修馬、さっそくやるか」

勘兵衛はちろりを持ちあげ、修馬の杯を満たした。修馬が勘兵衛の杯に注《つ》ぎ返した。

二人は乾杯した。

勘兵衛は、修馬の家族のことをきいた。

「両親に下が弟だ。弟は五つちがい。はやく婿にやらぬと、ずっと部屋住みのままだ。それは避けたい」

むっと見直す表情をして勘兵衛を見る。

「なんだ、どうしてそんな目をしている」

勘兵衛は息を吸った。

「修馬、おまえこの前、親兄弟はおらぬし、妻子もない、といったではないか」

「ああ、あれか。出まかせだ」

修馬はあっさりといって、真剣な眼差しを向けてきた。

「どこかいい家を知らぬか」

「いや、俺は友のほとんどが部屋住みなんだ。いいところがあればそちらにまず紹介せぬと、うらまれる」

勘兵衛の脳裏を、道場仲間である左源太《さげんた》や大作《だいさく》の顔が通りすぎていった。二人ともまだどこにも縁づいていない。

しかも、ずいぶん長いこと会っていない。無性に二人の笑顔を見たくなった。酒を酌《く》みたい気持ちにも駆られている。

「そうか。どこも切実だよな。でも、だいたい長男が嫡子というのはいったい誰が決めたんだ。昔はそういうふうになっていなかった、という話をきいたことがあるぞ。確か、父が見こんだ者こそが跡取りになれる、というものだった」

「それは、戦国のような世が荒れていた頃の話だろう。そういう乱世は器量のある者が継がぬと家が危うくなる――」

「しかし、今は太平の世。逆に父の一存で選ぶことで家政が乱れ、家が危うくなる。だから長男を嫡子と厳密に定めることで、家の乱れを抑える」

「なんだ、わかっているではないか」

「頭ではな。しかし、どこかに婿入りせぬ限り、部屋住みは日当たりの悪い部屋で一生すごすことになるのだぞ。ただ生まれた順番がおそかったというだけで、なんとも悲惨ではないか」

「しかし、どんな跡取りの選び方をしたって、部屋住みは生まれてしまうんだぞ」

「そうなんだよな。ご公儀が部屋住みを救うための新しい職でもつくってくれぬことには、なかなか一家も立てられぬしな」

「修馬、ま、一杯いけ」

修馬は杯をくいっとやった。

「うまいな。ここは酒もいいんだな」

「わかるか。松次郎が、これなら、と選び抜いた酒しか置いてないそうだ」

修馬は魚が特に好きなようで、箸でつかみ取っては刺身や焼き魚を口に放りこんでゆく。見ていて気持ちのいい食べっぷりだ。

「ところで勘兵衛」

修馬が咀嚼《そしゃく》していた煮魚を飲みくだし、杯に口をつけた。

「美音どのとはどういういきさつで縁談があったんだ」

「あれ、まだ話してなかったか」

勘兵衛は酒で唇を湿し、幼い頃からの関《かか》わりを語った。

「ふーん、そうか。その蔵之介どのという方はいい人だったようだな」

「ああ、すごくな」

「勘兵衛のために降るようにあった縁談をすべて断るなんざ、なかなかできることではないぞ。しかも勘兵衛はそのときまだ冷や飯食いだったんだろう」

「そうだ。いま考えてみると、蔵之介は自分の死を予感していたのでは、とすら思えるほどだ。まあ、あり得ぬけどな」

蔵之介の面影が眼前におりてきた。どうしようもなく、つらくやるせない気持ちになる。なぜ死んだ、と怒鳴りつけたくなるような気分すら湧きあがってきた。

ふと蔵之介の笑顔が浮かび、心中の苛立《いらだ》たしさは自然に溶けていった。

勘兵衛は修馬の杯を満たした。

「おぬしは、お美枝さんに惚《ほ》れていたんだよな。今も忘れられぬのか」

「いずれ忘れてしまうのかもしれぬが、まだときがかかりそうだな。心底惚れた娘だったから」

修馬は知り合ったくだりを話しはじめた。

お美枝は、八郎左衛門の知り合いの娘だった。お美枝の父親は十一年ばかり前、お美枝を長屋に置いたまま失踪《しっそう》した。今も行方は知れず、生死もわかっていない。

　残されたお美枝を八郎左衛門が引き取ったのだ。そのときお美枝は七歳だった。

「お美枝さんの母御は」

「父親が失踪する前に病で亡くなったそうだ。なんでも腹に腫《は》れ物ができて、というふうにきいている」

「父親の失踪の理由は」

「八郎左衛門にもお美枝にもきいたが、まったくわからぬそうだ」

「父親はなにをやっていた」

「腕のいい飾り職人だったそうだ」

「だったら、注文はよく入っていたのだろうな」

「そうだろう。暮らしに困ってはいなかったそうだから」

　八郎左衛門に引き取られたお美枝は最初は本八屋に住んでいたが、八郎左衛門が金貸し絡みのいざこざから命を狙われるなど身の危険があって、別のところに住むことになった。

「それがあの家か」

「そうだ。お美枝のために八郎左衛門がわざわざ建てたんだ」

「では、お美枝さんはあの広い家に一人で住んでいたのか」

「そうではない」

本八屋の隣家の夫婦がその頃、大八車に轢《ひ》かれて二人とも死ぬという悲惨な事故があった。夫婦には幼い子供が三人残されていた。

「ついでといってはなんだが、仲がよかったその幼い兄弟と一緒に暮らすことになったのさ」

それが徐々に増えて、今ではあれだけの人数になった。

「最初は暮らしを見てくれるばあさんがいたそうだが、お美枝が十五のときに亡くなったそうだ。そのあと殺されるまで、お美枝があの子たちの面倒を見ていたんだ。益太郎夫婦はお美枝のあとに入った」

勘兵衛は焼き魚をつつき、酒を飲んだ。空になった杯に修馬が酒を注いでくれた。

「お美枝とのなれそめは……」

そういって修馬は少し照れたような顔をした。

「二年前、俺が元造のもとで、賭場の用心棒をしていたときだ。大負けして、暴れた客がいたんだ。俺はかわいがってやり、追いだした」

その翌日の夜のことだった。一杯引っかけて歩いていたところを、修馬はいきなり男に襲われた。

男を叩きのめしたが、修馬は何ヶ所か匕首《あいくち》で刺されていた。ほとんど軽傷だったが、一ヶ所だけ脇腹に重い傷があった。

修馬は近くの医者のもとに向かおうとしたが、途中、出血がひどくて歩けなくなってしまった。

「そのとき助けてくれたのがお美枝だ。倒れたのがあの家のそばだったんだ」

お美枝は、肩で抱くようにして修馬を医者に連れていってくれた。

「その医者の腕は確かで、俺はこうしてぴんぴんしているというわけだ」

修馬が着物をまくりあげ、その傷を見せた。二寸（約六センチ）ほどの傷跡が生々しく残っており、傷の深さを勘兵衛も理解した。

「よく生きていたな」

「あと一寸《ちょっと》、上にずれていたら肝の臓をやられて駄目だったでしょうね、とあとで医者が話してくれたよ」

「そうか。その後、お美枝さんとはどうなったんだ」

「礼をいいに行ったりしてな、あっという間に親しくなった」

修馬は楽しげだ。

「馬が合うというのか、話していてときがたつのを忘れるほどだった。もっとも――」

言葉を切り、鼻の頭をかいた。

「もともとお美枝のことは、町で見かけたことがあって知っていたんだ。すごくきれいで、なんとかお近づきになりたいものだと心から願っていた。一度はお美枝の跡をつけて家を探りだしてもいるし。あの家の近くに腕のいい医者がいるのを知っていたのも、何度かあのあたりを訪れていたからだ。あの晩だって、お美枝の顔をどうしても見たくてあのあたりをうろついていたんだ」

「ふーん、修馬、おぬしそんなことをしていたのか」

「だからあの娘に救われたとわかったときには、天にものぼらん気分だった」

勘兵衛はじっと見つめた。

「将来を誓い合っていたのか」

「俺の下に弟がいるのはさっき申した通りだ。俺が町娘と一緒になったとしても、家は大丈夫だしな。父上にはまだ話していなかったが、おそらく反対されることはなかっただろう」

修馬が酒を口に含んだ。

「しかしお美枝が死に、兄上も亡くなり、俺は徒目付になった。それで、おぬしと知り合うことになり、ともにこうして酒を酌んでいるというわけだ」

勘兵衛は、部屋住みとはいえ侍という身分を好きな女のために捨てる覚悟でいた目の前の男に感動している。

十一

「ここか」

勘兵衛はかがみこみ、地面に触れた。

半年前のことで、お美枝が殺された痕跡などどこにも残されていなかったが、十八の若さで命を絶たれた娘の無念の思いは十分すぎるほど感じ取れた。

勘兵衛たちは出仕後早々に城を出て、この場にやってきていた。

場所は子供たちの住む小日向松枝町のせまい路地だ。

裏店としもた屋が背を向け合っているところで、日当たりは極端に悪く、雑草すらろくに生えていない。風の通りがひどく悪く、すえた臭いが濃く漂い、鼻を痛烈に打つ。

本来なら和田竜之進捜しをしなければならなかったが、それは先輩たちが精をだしている。今のところはまかせておけばよかった。

「くびり殺されていたといったな」

ああ。修馬はかすかに顔をゆがめ、首筋を指さした。

「ここのところに指の跡がくっきりと残っていた」

「目撃した者はいないのだよな」

「ああ、御番所まかせにすることなく俺もききまわったが、誰も見ていない」

「殺されたのは何刻だ」

「はっきりとはわかっていないようだが、おそらく六つ半（午後七時）くらいではないか、と手塚さんはいっていた」

「そんな刻限にどうしてこんなところにお美枝さんは」

「その日、お美枝は八郎左衛門に会いに行っていたんだ。八郎左衛門が金を渡すためだったそうだが、二人が顔を合わせるのは久しぶりで、ちょっと話が弾んでしまって帰りがおそくなったそうだ」

「それで」

「お美枝は誰かに追われていたらしい。本八屋から家に帰るには、大通りを行けばいい。おそらくお美枝はその何者かから逃げ、こんなせまい路地に入りこんだ。その何者かをやりすごそうとしていたのでは、と思えるんだ」

「どうしてお美枝さんが何者かに追われていたとわかる」

「お美枝らしい女の悲鳴をこのあたりの者がきいているんだ。悲鳴はたった一度きりだったから、誰もがさして気にもとめなかったらしいが」

「それが六つ半くらいということか。所持していた金は」

「奪われていた」

「となると、金目当てか。お美枝さんが本八屋へなにをしに行ったかを知っている者の犯行ということか」

「そのことは御番所も徹底して調べたようだ。しかし誰も浮かんでこなかったそうだ」

「すると、通りすがりの犯行も考えられるな。もしくは、お美枝さんを目当てにしていた者の仕業か」

「なに」

修馬が眉間にしわを寄せた。

「それはお美枝に悪さをしようとして、抵抗したから殺したというのか。金を奪ったのは見せかけ……」

「まあ、そのくらい御番所も調べているだろうが。お美枝さん、すごくきれいだったんだよな。残念ながら、そういう手合いはこの江戸には数多くいる」

修馬が唇を噛み締めた。

「いわれてみれば、俺もそういう類の連中とたいして変わらぬことをしていたな」

勘兵衛はゆっくりと立ちあがり、腰を伸ばした。

「お美枝さんだが、殺される前、なにかいっていなかったか」

「というと」

「怪しい影につきまとわれているとか、妙な気配を感じてならぬとか」

「いや、そんなことはなにも。一緒になることになり、心からうれしそうにしていた。少なくとも俺にはそう見えた」

「いいにくいが、きくぞ。おぬしの前に、お美枝さんに男はいなかったか」

修馬は息をのみ、心を落ち着けていた。

「わからぬ。いなかったと思う。むろん断言はできぬが、そのなんだ、お美枝はつまり、その、俺が……」

いいたいことは理解できた。

「わかった、全部いわずともいい。お美枝さんだが、誰かにうらみを買っているようなことはなかったか」

「いや、そんなものはない。あったら必ず俺に相談していたはずだ」

「だろうな。殺される前のお美枝さんの様子だが、子供たちにもきいたか」

「もちろんだ。なにもおかしなところはなかったと、みんな、いいきったよ」

「そうか。御番所の探索が難航しているのもわかる気がするな」

「おい勘兵衛」

修馬があわてたようにいう。

「これであきらめてしまうんじゃないだろうな」

「安心してくれ。そんなにあきらめがいいほうではない」

勘兵衛は腕を組み、考えにふけった。

「お美枝さんの父親だが、どうして失踪したんだろう」

「俺も気になってお美枝にきいたことがあるが、幼い頃のできごとで、わからないということだった」

「八郎左衛門にもきいたか」

「いや、そこまではしておらぬ」

修馬が真剣な目を向けてくる。

「父親の失踪がお美枝の死に絡んでいるというのか」

「わからぬ。だが、調べたところで損にはならぬし、もしなにか出てきたら一気にお美枝さん殺しの下手人に行き着けるかもしれん」

本八屋の店内に入った勘兵衛は八郎左衛門に事情を説明し、お美枝の父親がいなくなった頃のことを話してくれるよう頼んだ。

「ええ、よろしゅうございますとも」

快諾して八郎左衛門は勘兵衛たちを奥の座敷に連れていった。

「お美枝の父親は太郎造《たろぞう》と申しまして、腕のいい飾り職人だったんです」

「あるじは、太郎造の失踪の理由に心当たりはあるのか」

「いえ、申しわけないのですが、まったくありません。仕事のほうも順調で、次々に依頼が舞いこんでいるような状態でしたから、暮らしに行きづまって、ということもありませんでしたし」

「女のほうはどうだ。わけありの女とねんごろになり、どうしようもなくなって駆落《かけおち》したというようなことは」

「女房はおさちさんといいましたけど、おさちさんを失って、むしろ女と深入りするのを避けていたようなところがありましたしねえ。おさちさんの死があまりに悲しすぎたようですよ」

八郎左衛門は、眼前に置かれていることをはじめて気がついたような目で湯飲みを手にした。少し背を丸めて茶をすすっているのが年寄りくさく感じられるが、それでも金貸しという稼業も関係しているのか、眼光の鋭さはそこいらの商人の比ではない。

「太郎造も男ですから、おさちさんを失ったあと岡場所《おかばしょ》とかに出入りはしてましたが、決して一人の女に深入りはしないよう自らを戒めているようでしたよ」

そうか、と勘兵衛はいった。

「となると、太郎造に自分から姿を消す理由はなかったということになるな」

「勘兵衛、誰かが太郎造を連れ去ったということになるのか」

「あるいは連れ去り、殺した」

八郎左衛門が息をのんだ。

「まさか、そんな」

「八郎左衛門、おぬしだって考えたことがあったはずだ」

勘兵衛が鋭く指摘すると、がくりとうなだれた。

「おっしゃる通りです。実際そういうことではないかと思い、出入りの岡っ引《おかぴき》にも話をしました」

「その岡っ引は調べてくれたか」

「ええ、一応は」

「どこの岡っ引だ。名はなんという。今も懇意にしているのか」

続けざまにきいたが、八郎左衛門は悲しげに首を振った。

「実は二年ほど前に亡くなりました。仮に存命でも、なにもきけることはなかったものと。たいして力を入れて調べてくれてはいませんでしたから」

勘兵衛はうなずいた。

「太郎造にうらみを抱いている者に心当たりはないか」

「いえ、ありません。手前も考えたのです。太郎造に害意を持つ者がやったのではないか、と。しかし太郎造は仕事熱心ないい男で、誰からも好かれていました。ですので……」

「太郎造だが、失踪する前、なにかを見てしまったようなことをいってはいなかったか」

「なるほど、押しこみとか人殺しとか、そういう類のものですね。いえ、そういうのも口にしておりませんでした。いなくなってしまうまで、まったくふつうでした」

「おぬし、それだけ行き来があったということは、太郎造とはかなり親しくしていたのだな。どのような関係だったんだ」

「幼馴染みですよ」

「江戸の生まれか」

「いえ、もともとは甲州《こうしゅう》の百姓のせがれ同士です」

「それがどうして江戸へ」

「手前も太郎造も百姓の三男でして、わけてもらえる田畑もなく、婿の望みもほとんどなく、それで二人で語らって江戸で一旗あげようとやってきたわけです。それがもう二十年以上も前のことです」

八郎左衛門は、その頃のことを思いだす瞳をしている。

「二人とも最初は口入屋の紹介で日傭《ひよう》の人足《にんそく》仕事をしていましたが、あるとき太郎造は自分の器用さに気づいて飾り職人のもとに誘われるように弟子入りしました。手前にはそんな器用さはなく、力だけが自慢みたいなものでしたから、しばらくそのまま日傭取をしていました」

「それがどうして金貸しに」

「ある日、仕事を求めていつもの口入屋に行きますと、ある金貸しが用心棒を必要としているのがわかりまして。それで無理を承知で紹介してもらったんです。そしたら向こうが手前の無鉄砲さを気に入ってくれましてね、雇われたというわけです。内心賊があらわれたらどうしようとびくびくしておりましたが、結局なにごともなく、そのままその金貸しのもとで奉公するのが決まったんです。長年にわたって商売のやり方を教えてもらい、独り立ちの際は元手も貸してもらいまして」

「金貸しの用心棒か、誰かさんみたいだな」

修馬が笑いかけてくる。

「そうか、よくわかった。相当の苦労があったんだろうな」

勘兵衛は八郎左衛門をねぎらうようにいい、言葉を重ねた。

「太郎造の住まいを教えてくれ」

「おい勘兵衛、これから行くのか」

本八屋を出てすぐに修馬が案ずるようにいった。

勘兵衛は空を見あげた。太陽はまだ中天にあり、陽射しをさえぎる雲もほとんど出ていないこともあって、江戸市中は濁りのない明るさに満ちている。

「まずいか」

「いや、本職のほうもこなしたほうがいいんじゃないかと思ってな。お頭に一日の報告をするときにまずいんじゃないか」

「いや、俺は今日一日のことは正直に申しあげるつもりでいるぞ」

「えっ、本当か」

「人殺しの下手人捜しだ。徒目付としてたずさわって悪いことではあるまい。御番所の仕事ぶりを監視しているより、こちらのほうがよっぽど実がある」

「それはそうだろうが……」

「なんだ、修馬らしくもない。さんざん俺を関係のないことでこきつかっておきながら、今さらそんなことをいうのか」

「いや、下手人捜しに力を入れてくれるのはありがたいが、予期していた以上の熱の入れようでな、驚いているんだ」

勘兵衛は小さく笑った。

「もともとこういう真似が好きでな、やりたかったんだ。だからって興味本位ではないぞ。俺はおぬしのために下手人をどうしてもあげたい。正直に申しあげれば、お頭も必ず許してくれよう」

「なるほど、それで一日中、修馬の許嫁殺しの下手人捜しをしていたというのか」

麟蔵がにらみつけてくる。

「いい度胸だ。先輩たちが和田竜之進の行方を追い求めている最中、おまえらはそんなことをしていたのだな」

「あの、お頭、それがしがいけなかったのです」

修馬がいい募る。

「それがしが許嫁のことを話したから、勘兵衛はその気になってしまったのです」

「ふん、餓鬼みたいないい分だな。――勘兵衛、手がかりはつかめたのか」

「許嫁の父親である太郎造が住んでいた長屋に行き、住人たちに話をききましたが、これといった手がかりは……」

「そのお美枝という娘が殺されたのと、父親の失踪を絡めたのは悪くない。いや、むしろ目のつけどころとしてはいい」

麟蔵が考えこみ、やがて顔をあげた。

「よし、和田竜之進のほうは先輩たちにまかせておけばよかろう。二人で徹底してお美枝殺しを調べてみろ。半年前のことでは、どうせ奉行所の連中はたいして力を入れておるまい。連中をだし抜き、見事下手人をあげてみせろ」

むしろあおるような言葉をかけてきた。

「ありがとうございます」

がばっと修馬が畳に手をそろえた。勘兵衛もならう。

「ただし、ほかに重大事件が起きたら、そちらはいったん置くこと。忘れるなよ」

「わかりました」

二人は声を合わせた。

そのあと日誌をしたためて、二人は詰所をあとにした。廊下を歩き、大玄関に着く。

「しかし勘兵衛のいう通りだったな。話がわかるお方だ」

「顔はまな板みたいだが、頭のなかは四角張ってはいないんだ」

そのとき背筋を冷たいものが走った。はっと振り向く。

「誰がまな板みたいだって」

無表情に麟蔵がきく。

「いえ、あの、その……」

「あの、今日はもう帰られるのですか」

助け船をだすように修馬がきく。

「いや、飲みに行こうと思っている」

「お一人でですか」

「三人だ。——つき合え」

「えっ、はい、わかりました。ともに飲めるなどそれがし、うれしくてなりませぬ」

「勘兵衛、修馬はこんなに喜んでいるのに、なぜそんな浮かぬ顔をしておる」

「あの、お頭、誰が代を持つのです」

「そんなのは決まっている。俺をまな板呼ばわりした男だ」

やはりそうか、と勘兵衛は思った。麟蔵の神出鬼没ぶりを忘れた失言だった。つまりは自業自得だ。

「わかりました。楽松でよろしいですね」

第三章

一

父上は大丈夫だろうか。

安東知之介《あんどうとものすけ》は心配で胸が痛いほどだ。

あんなことがあったのだ、仕方がないとはいえ、あまりの憔悴《しょうすい》ぶりが痛々しい。

夜具のなか、知之介は寝返りを打った。すでに夜は明けつつあるようで、早起きの鳥の鳴き声がかすかに届く。

隣で妻は小さな寝息を立てている。その熟睡ぶりがどこか腹立たしい。こんなときに、どうして赤子のように眠れるのか。

もともと父のことを心配するようなたちではない。情が薄いというのか、どんなときでも冷静さを崩さない。

娘が死んだときもそうだ。悲しんではいたのだろうが、あまり悲しそうには見えなかった。またつくればいい、というような冷淡さがほの見えていた気がしたが、勘ちがいだろうか。

長男が病になったときもそうだ。看病にさして熱心ではなかった。長男はそのあと持ち直してくれたからよかったものの、死んでしまってもかまわないくらいは考えていたのではないのか。

寝所を訪れたのも考えてみれば久しぶりだ。最後は半月くらい前か。

もともと妻はこの家に嫁いでくるのを望んでいなかった。よそに好きな男がいたとも耳にはさんだが、本当だろうか。

もうどうでもいいことだったが、そのことが妻が父をほとんど心配しないことにつながっているのは確かだ。

もう寝られそうになかった。知之介は荒々しく夜具から起きあがり、着替えを終えた。かなり音を立てたが、妻の寝息に変わりはない。

ため息をついて寝所を出、知之介は廊下を歩いた。

今日はかなり冷えこんでいる。床も冷たくなっていて、足先が凍えるように感じられる。

空を見た。庭越しに見えるのは東側の空だけだが、そちらにはほとんど雲がなく、下のほうが赤く染まっているのが眺められた。

父上はまだ寝ているのだろうか。

胸のなかを黒雲が渦巻いており、どうにも気持ちが晴れない。

以前、こんな気持ちになったことがあっただろうか。

あれは娘が死んだ朝だ。あのときも気持ちが妙に落ち着かなかった。

なにゆえか。あれは、長患いでもう娘は助からないという覚悟めいたものがあったからだ。

はっと知之介は気づいた。まさか。氷が垂れてきたような鋭い冷たさを首筋に感じた。

弾かれたように知之介は廊下を早足で行った。侍たる者、どんなに急いでいるときでも走ることはまかりならぬ。父の教えが体に染みついている。

父の部屋の前に膝をつく。

「父上、起きていらっしゃいますか」

返事はない。母は四年前に他界し、父は一人で寝ている。

「あけます、よろしいですね」

わずかに間を置いたが、応《いら》えはない。

知之介は思いきって障子をひらいた。

父はいない。夜具はたたまれ、部屋の隅に寄せてある。

誰もいないのはわかったが、知之介は一応部屋に入り、なかを見まわした。父の匂《にお》いがしている。ということは、ついさっきまでここにいたのだ。

「殿」

廊下に宿直《とのい》の家臣がやってきた。

「どうかされましたか」

「父上がおらぬ。捜してくれ。皆にもそう伝えよ」

「承知いたしました」

家臣は廊下を走り去った。

いったいどこへ行ってしまったのか。

知之介はまわりを見渡した。

そうか。茶室ではないか。知之介は庭に目をやった。

木々に隠れるようにして、やや小高い場所に茶室が建っている。あれはもう十五年以上も前に父が建てたものだ。

知之介は沓脱《くつぬ》ぎで草履《ぞうり》を履き、庭を急ぎ通り抜けた。

茶室の前に行き、なかに声をかける。

返事はない。

知之介はむっと顔をしかめた。にじり口の下のところに草鞋《わらじ》が脱いである。

父上。もう一度声を発した。

「あけます、よろしいですね」

知之介は強烈に襲ってくる胸騒ぎと戦いつつ、小さな戸に手をかけた。必要以上に力をこめて、引く。

さあ、とあがったばかりの太陽の光が射《さ》しこんできた。

目の前に黒い物がうつぶせている。

「父上っ」

にじり口からあがりこんだ。這《は》いずるようにして近づき、父の体を抱きあげる。

どろっとしたものが手についた。父は腹と首を切っていた。

「父上」

必死に揺さぶったが、無念そうに見ひらいた目に力は戻ってこない。

知之介は父の胸に顔を埋《うず》めた。悲しみとともに、どうすることもできない無念さが心に入りこんできた。

二

知らせを受けて、麟蔵を先頭に勘兵衛と修馬を含めた徒目付六名は安東屋敷に駆けつけた。

検死はすぐに終わり、にじり口から医師の仙庵《せんあん》が出てきた。次いで、死骸も運びだされる。

「さすがに仙庵先生は手際がいいな」

麟蔵がつぶやき、医師に歩み寄った。

「先生、いかがでしたか」

仙庵が沈痛そうな顔でうなずく。

「自害です。見せかけられたということはまずあり得ません」

麟蔵が問うことがわかっていて、先手を打った感じだ。

「それはもう見事なものです。よほどのご覚悟があったものと」

そうですか。麟蔵が戸板にのせられた死骸に眼差しを転じた。

勘兵衛もつられるように目を向けた。

ものいわぬ死骸は白無地の小袖《こそで》に、切腹裃《かみしも》と呼ばれる浅葱《あさぎ》色の肩衣《かたぎぬ》、袴を着用している。小袖は腹のところがくつろげられ、肩衣ははねられて肩にかかっている。

腹を切ったあと首筋に短刀を添えたようで、赤黒い傷口がぱっくり見えている。出血も相当のものだったようで、小袖と袴もどっぷりと濡れてしまっている。茶室のなかがどうなっているか、想像にかたくない。

「知左衛門《ともざえもん》どの……」

修馬が悲嘆の声をだした。

「なんだ、知っているのか」

麟蔵がすばやく振り向く。

「はい。せがれの知之介どのとは、同じ道場に通っておりましたから」

「修馬が後輩か。よし、話をきいてこい。勘兵衛もついてゆけ」

そこで声を落とした。

「いいか、自害の場合、ふつうは病死として届け、我らを呼ぶようなことはまずない。そのあたり、なにか裏があるのかもしれぬ。しっかりきいてこい」

茶室から少し離れた場所に長床机《ながしょうぎ》がしつらえてある。そこに悄然《しょうぜん》とした様子の男が腰かけていた。

「知之介どの」

かたわらに立った修馬が声をかける。

知之介と呼ばれた男がぼんやりと顔をあげ、修馬と勘兵衛を交互に見た。

「山内です。わかりますか。山内修馬です」

小さく口をあけて知之介が、ああ、といった。

「久しぶりだな」

小さく唇が動いただけで、なんといったのか耳を澄まさないとき取れなかった。

「ええ、本当に。二年ぶりくらいになりますね。このたびはご愁傷さまです。心よりお悔やみ申しあげます」

勘兵衛も頭を下げた。

「ああ、ありがとう」

端整な顔をしたなかなかいい男だ。いかにも働き盛りといったふうががっちりとした体にはあるが、瞳からは光というものが失われ、まるで死が間近い病人のように見える。

隠居した父の跡を継ぎ、今は書物奉行という職についているという。書物奉行というのは、幕府が紅葉山《もみじやま》文庫に所蔵しているおびただしい書物《しょもつ》を厳重に保管し、盗難や虫食い、腐敗から守ることが主な仕事になっている。

修馬が勘兵衛を紹介し、切りだした。

「事情をきかせてもらっていいですか」

「むろんだ」

そういった途端、知之介の目に光が戻ってきた。

「ああ、そうか。どうして修馬がここにいるのか考えていたんだが、御徒目付になったのだよな。ああ、兄上のことは残念だった。葬儀にも顔をださんで、申しわけなかった」

「いえ」

修馬が間を置くように咳をした。

「お父上ですが、自害でまちがいないようです。自害の理由に心当たりはありますか」

「もちろんだ」

「きかせてください」

知之介はうなずいたが、不意に喉のあたりに手を当てた。

「すまんが、水をもらえぬか」

「わかりました。ただいま」

修馬が走りだそうとするのをとどめて、勘兵衛が茶室の横にわいている水を柄杓《ひしやく》ですくい、持っていった。

ありがとう、と知之介は喉を鳴らして飲んだ。

「おかわりは」

勘兵衛がきくと、いえけっこう、と答えた。喉仏を上下させ、知之介が話しだした。

父親の知左衛門は茶が趣味で、茶器の目利きとして名高かった。

半月ほど前、ある旗本から茶碗《ちやわん》の鑑定を頼まれ、屋敷へ赴いた。

なかなかいい茶碗で、気に入った知左衛門は売る気があるかたずねた。

「いくらなら買っていただけますか」

「五十両でいかがでしょう」

その旗本は、少し考えさせてください、といった。

ところがその二日後、ある骨董屋《こっとうや》がその茶碗に二百両の値をつけ、実際にその値で買いあげたことが数寄者《すきしゃ》のあいだに知れ渡った。

旗本をだまして安く茶碗を手に入れようとしたとして知左衛門の面目は丸潰れとなり、さらには、それまでも同じようなことをしていたのでは、と疑いの目で見られた。

「そのことが、こたびの自害につながったのですか……」

知之介が修馬をにらみつけ、気がついたように眼差しを落とした。

「ここ最近、そのためにふさぎこまれていた。しかし父上は人をだますような人ではなかった。父上が五十両といったのなら、その茶碗は五十両に決まっているのだ」

修馬が顎をなでさする。

「知之介どのは、どうしてお父上がそんな疑いをかけられることになったのか、それを解き明かしてほしいがために自害の届けをだしたのですね」

「しっかり調べてほしい」

知之介が土下座をしかねんばかりの勢いと表情で懇願する。

「なにかあるにちがいないのだ」

勘兵衛たちは知之介とのやりとりを麟蔵に報告した。

「確かに、なにかありそうだな。まず、その茶碗のことをよく調べることだ」

三

麟蔵の言葉を受けて勘兵衛たちはまず城へ行き、それから城外に出て道を北へ取った。着いたのは本郷の御弓町《おゆみちょう》だった。近くに広大な水戸《みと》屋敷がある。

訪ねたのは、二本柳《にほんやなぎ》与三郎《よさぶろう》という作事《さくじ》奉行の下で作事方下奉行《かたしたぶぎょう》をつとめる男だった。今日は非番ということが城へ行ってわかり、少しときを取られたが、このくらいのことはあらかじめ目算のうちだ。

身分と姓名を明かすと、なかに招き入れられ、二人は座敷に尻を落ち着けた。

女中が茶を持ってきた。修馬がまじまじと湯飲みを見つめたが、それは明らかに安物といえるものでしかなかった。

女中が去って秋風が梢《こずえ》を二、四度騒がせていったあと、襖の向こうに人が立った。

「失礼します」

声と同時に襖がひらき、男が入ってきた。茶の心得があるようで、膝行《しっこう》してくる所作はさまになっている。

二人の正面に正座して挨拶し、あらためて名乗った。

「して、今日はどのようなご用件で、御徒目付どのがいらしたのです」

修馬が安東知左衛門の死を知らせた。

「なんですと」

与三郎が驚き、膝を立てた。はっと気づく。

「まさかそれがしのせいで……」

「まずは経緯を説明していただけますか」

修馬がいい、じっと見つめた。

「どうして茶碗の鑑定を知左衛門どのに依頼したのです」

「当代きっての目利きだからです」

「その茶碗を売りたいと思って鑑定を」

「ええ、さようです」

「五十両で買うといった知左衛門どのには、今すぐ売りたいわけではないので考えさせてください、といったそうですね。それはなぜです」

「それがしが考えていたよりはるかに安い値だったからです」

「二本柳どのはいくらくらいと目星をつけていたのです」

「二百二、三十両はくだらぬのでは、と。それがあまりに安かったので、とてもではないが売れぬと考えました」

「当代きっての目利きの言を信じられなかったのですか」

「いえ、そういうわけではないのですが、やはりいくらなんでも五十両はないだろう、と……」

「知左衛門どのですが、それまでも噂を立てられたことがありましたか」

「鑑定をねじ曲げて安く手に、との噂ですね。――いえ、なかったように。清廉なお人柄はよく知られており、鑑定にもまちがいがないと評判でした」

「そういう評判があったから、二本柳どのも鑑定を頼まれたのですよね。それなのに、信じなかったのですか」

「申しわけありませぬ。先ほども申しあげたようにあまりに頭のなかの値とかけ離れていたものですから。もしあのとき安東どのを信じて五十両で買い取ってもらっていれば、安東どのが腹を召されるようなことにはならなかったはずなのに……」

無念そうに下を向く。

それが本心からのものかはわからなかったが、少なくとも深く悔いているようには見えた。

「二本柳どのは、知左衛門どのと面識があったのですか」

勘兵衛は与三郎の顔をあげさせた。

「いえ、ありませんでした」

「紹介ですか」

「いえ、そういうものは別に。ただ評判だけを耳にして、依頼しました。茶碗ときいて、安東どのは飛んできてくれました」

「二本柳どのはその茶碗を骨董商に売ったそうですね。二百両とおききしましたが、それだけのお金が必要だったのですか」

「必要といえば必要でした。今はどこの家でも台所は苦しいでしょう。つかうことのない茶碗でそれだけの収入があったのは、正直、助かりました」

「その骨董商とは懇意にしていたのですか」

「ええ、まあ。何度か茶器を引き取ってもらったことがあります」

「その骨董商を信頼しているのですね」

「篤実なあるじだとは思っています」

「それがどうしてこたびは知左衛門どのに依頼したのです。いつものように、その骨董商に見てもらおうとは思わなかったのですか」

「いえ、あまりに安東どのの評判が高かったもので、一度は鑑定をしてもらいたいと常々思っていたのです」

「そうですか。わかりました」

勘兵衛は口を閉じ、そっと修馬を見た。うなずいた修馬が与三郎にいった。

「その、懇意にしている骨董商を教えていただけますか」

店は四ッ谷《よつや》大通に面していた。

路上に『今村《いまむら》』と店名が大きく記された看板が出ている。

ごめんよ。修馬が暖簾を払う。

茶碗や大皿、壺などがところせましと並べられている。そんなに広くはない店内だが、並べられている品物の多さのためか、けっこう奥行きがあるように感じられた。

右側で手ぬぐいで伊万里《いまり》らしい皿を磨いていた男が、いらっしゃいませ、と明るい声をあげた。皿を慎重に置き、近づいてくる。

「なにかご入り用でしょうか」

小腰をかがめてきく。顔はちんまりとしており、鼻も低く、目も細い。それでも目の光には商人らしいというのか、どこか油断のならない光がたたえられている。

「いや、買い物に来たわけではない」

修馬がにべもなくいい、身分を告げる。

「店主だな。話がききたい」

あるじはかすかに目を細め、構えた顔をした。

「どのようなことでございましょう」

「おぬし、二本柳与三郎どのとは懇意にしているのだよな。最近、二百両で茶碗を買い取ったはずだが、まちがいないか」

「はい、確かに」

「値にまちがいはないのか。高く買いすぎたということは」

店主は遠慮がちながらも、やや高い笑い声をあげた。

「ああ、これは失礼いたしました。……いえ、手前もこの商売に入ってすでに三十年以上になります。海千山千の者がうようよしているなかを泳ぐようにして生きてまいりました。目利きちがいはあり得ません」

「自信があるのだな」

「それはもう。それがなければこの世界、生き抜いてはいけませんから」

「その茶碗だが、見せてもらえるか」

「いえ、もう手元にございませんので。買い手がつきました」

「ということは、もともと誰か依頼者があって手に入れたのではないのだな」

「はい、二本柳さまのお屋敷に呼ばれまして、そのとき一目で気に入ってしまいまして」

「その場で二百両、払ったのか」

「いえ、鑑定を依頼されただけでしたから、そのような大金を持っていたはずがございません」

「誰に売った」

「いえ、あの……申しあげなければまずいでしょうか」

「むろんだ。人が一人死んでおる」

「えっ、まことですか」

店主が驚きを顔に刻む。

「あの……どういうことでございましょう」

修馬が事情を語った。

「そのようなことが。……そんな馬鹿な」

小さくつぶやいたあと顔をあげ、すがるような目で勘兵衛たちを見た。なにかいいかけたが、思い直したように口を閉ざす。

しばらくあいだを置き、心を落ち着けていた。

「そうでしたか、手前が買いあげたせいで安東さまが……」

「おぬし、そのために安東知左衛門どのの面目が丸潰れになったのを知らなかったのか」

「は、はい、申しわけございません、存じませんでした」

また感情が高ぶったようで、今にも泣きだしそうになった。

「申しわけございません、まさかそのようなことになるなんて。――安東さまは茶器に関してはとてもよく知られたお人です。もしこんなことになるのを存じあげていたら、手前はあの茶碗を買いあげるようなことは決していたしませんでした……」

消え入りたいような風情で、両手をぶるぶると震わせている。

「しかしおぬしは二百両の値をつけ、買い取った。その茶碗は、実際には五十両の価値しかなかったのではないか」

「め、滅相もない。そのようなことはございません」

「いくらで売れたんだ」

「は、はい、二百三十両でございます……」

口ごもる店主を脅すようにして、勘兵衛たちは茶碗を買い取った者の名をききだした。

「しかし今のあるじ、尋常な様子ではなかったな」

修馬が、風に揺れる暖簾を振り返っていう。

「うん、どういうことかな。まるで自害しかねん様子に見えた」

油問屋の岬《みさき》屋といい、店は骨董商の今村から六町ほど西へ行った四ッ谷塩町《しおちょう》にあった。

塩町といっても塩屋が集まっているわけではなく、町並みは江戸のいずこの繁華街と変わるところはない。

訪《おとな》いを入れると、さっそく座敷に導かれた。

襖絵は見事な色彩で描かれており、勘兵衛はまるで殿中の襖を見ているような気持にさせられた。床の間にも高価そうな壺が置かれ、一輪の菊がいけられている。壺の上にも立派な掛軸がかかっていた。

「ずいぶん内証が豊かな家のようだな」

部屋を見まわして修馬がいう。

「油屋というのは、そんなに儲かるのか」

「灯りにも調理にもなくてはならぬものだからな」

「しかし壺や掛軸に化けるのだったら、もう少し安くしてほしいものだな」

「油がいくらか知っているのか」

「知らぬ。しかし相当儲けているのはまちがいないぞ」

「文句があるのだったら、じかにいえ。いい機会だ」

そのまま茶を飲んでいると、やがて店主がやってきて、挨拶した。

「お初にお目にかかります。手前、禄之助《ろくのすけ》と申します。どうぞ、お見知り置きを」

無言でにらみつけているふうだった修馬が、ここまでやってきたいきさつを手短に語った。

きき終えて、目をみはった禄之助が喉仏をごくりと上下させた。

「あの、その安東さまといわれるお侍が自害なされた、というのはまことでございましようか」

「嘘をいっても仕方なかろう。今朝のできごとだ」

まさかそんな。禄之助が呆然と口をあけ、精緻《せいち》な彫刻がなされた欄間《らんま》を見つめる。言葉を失ったかのように、しばらく目を動かさなかった。

さっきの店主と同じだ。勘兵衛は興味深く見つめた。

「どうした、大丈夫か」

修馬が声をかける。

「あ、は、はい」

禄之助が我に返ったように顎を下げた。

「それで、その二百三十両で買い取った茶碗を見せてもらいたい」

「あ、はい」

そうはいったものの、それきり黙っている。これからなにをすればいいのか、途方に暮れたような表情をしている。

「どうした」

はっとして修馬に顔を向けた。ごくりと唾を飲み、すべきことを思いだしたかのようにぺこりと頭を下げた。

「ああ、申しわけございません」

緑之助が嘆声をだした。

「つい先日、割ってしまいました」

「なに。二百三十両の茶碗をか」

「はい、まことに不注意で。手前のしくじりでございます」

「どういうことだ」

「買いあげて二日目のこと、手に入れたのがもううれしくてうれしくて、ためつすがめつしていたのです」

そんなとき、ふと小さな傷があるような気がして緑之助は縁側に出た。太陽にかざすようにしてじっと見ていたら、いきなり茶碗が滑り落ちた。あわてて腕を差しだしたが間に合わず、茶碗は沓脱ぎへと落ちていった。

「粉々に割れてしまいました。跡形もありません」

緑之助はうつむき、力なく首を振った。

「岬屋、今村とは懇意にしているのだな」

「はい、もちろんです。そちらの壺と掛軸も今村さんから購入したものです」

「その割った茶碗だが、どういう経緯で手に入れた」

「ええ、いい茶碗が入ったので一度いらっしゃいませんか、といわれまして。それはもう目がないものですから、いそいそと」

「目にしてどう思った」

「それはもう、とてもすばらしい物だと」

「二百三十両だしても惜しくなかったか」

「最初は二百五十両といわれましたが、なんとか値切りまして」

「おい、岬屋」

背筋を伸ばした修馬がにらみ据える。

「おぬし、茶器の目利きに自信はあるのか」

「ええ、まあそれなりに」

「本当にほしい物だったのなら、値切らずともいいんじゃないのか。値が下がれば、価値も下がるということだろう」

「それはそうなんですが、別に転売を考えているわけではございませんし、安く手に入るのでしたら、値切ることに手前はやぶさかではございません」

「どうもくさいな」

岬屋を出て修馬がいった。

「知之介どのやお頭がいうように、やはり裏になにかあるのではないか」

「そうだな。二人とも侍の自害に動転していたが、それだけではない驚きがあるように思えた」

しかし、結局なにも出てこなかった。

これが殺しであるなら調べようもあったが、正真正銘の自害では、どうすることもできなかった。

これ以上の探索の要なし、との判断が麟蔵からくだされ、勘兵衛たちは手を引いた。

四

久しぶりの非番の日が訪れ、勘兵衛は午前中をのんびりすごした。

美音と話をし、史奈の相手をした。もっともまだ娘は歩けないので、だっこをしたりするのがせいぜいだった。

昼餉のあと庭に出て、木刀を振った。気持ちがよかったが、なにか物足りない。やはり一人で木刀を振っているだけでは、おもしろみに欠ける。

縁側に史奈を抱いた美音が出て、緑の深い庭をめぐる風にゆったりと吹かれている。

寝ている史奈を起こすことのないよう無言の気合をこめて、勘兵衛は木刀を振りおろした。

手ぬぐいで首筋に噴き出ている汗を拭きつつ、美音の横に座った。

「いい天気だな」

穏やかな日和《ひより》が庭を照らしていて、縁側にも日だまりができている。そのやさしい光のなか史奈が安らかな寝息を立てており、その背中を美音が軽く叩いている。

美音がにこっと笑い、顔をのぞきこんできた。

「行かれたらいかがです」

「どこへ」

「おとぼけになるのですか」

「そうか、美音にはしらを切っても無駄だったな」

勘兵衛は苦笑した。

勘兵衛はとんと肩に木刀を預けた。

「いいのか」

「ご遠慮なさいますな。たっぷりと汗を流されれば、きっとお疲れも取れましょう」

「そんなに疲れた顔はしておらぬだろう」

「書院番の頃よりはだいぶましになってきたようです」

「そうか。お頭に礼をせんとな」

「でも、つい先日も楽松でご馳走されたのでしょう」

「あれで十分かな」

「よろしいのではないですか」

「美音がそういうのなら、そういうことにしておこう。——今日、おそくなってもかまわぬか」

「ええ、楽しんできてください」

美音にこころよく送りだされ、勘兵衛は犬飼《いぬかい》道場に向かった。

この前、修馬と飲んだとき道場の仲間を思いだしたこともあり、また修馬と知之介のやりとりをきいて懐かしいものも覚えていた。

「おっ、勘兵衛ではないか」

刻限がまだはやいせいであまり人がいない道場のなか、一足先に来ていたらしい岡富《おかとみ》左源太が驚いたような声をだした。

「ずいぶん久しぶりだな」

「ああ、三月ぶりくらいか」

「今日はどうした。見まわりか」

「馬鹿をいうな」

「じゃあさっそく着替えろ。俺とやろう」

「よかろう」

勘兵衛は道場脇に設けられている納戸《なんど》に入り、持ってきた稽古着《けいこぎ》で身を包んだ。

「おう、久しぶりなのにけっこうさまになっているではないか」

左源太が冷やかす。

「左源太、少しは腕があがったか。さっそく見てやる」

「ふむ、言葉づかいまでえらそうになってきたな。叩きのめしてやる」

左源太が唾で手を湿らせる。

道場の中央に立った勘兵衛は左源太に竹刀《しない》を向けた。

左源太の構えには隙がなかった。三月前より成長している。

だが左源太は動かない。勘兵衛が一歩踏みだすと、一歩下がって距離を置く。

なんだ、俺を怖《おそ》れているのか。

勘兵衛はさらに一歩、二歩と進み、左源太との距離をつめようとした。間合に入れないことには話にならない。

さらに一歩出た。完全に自分の間合に入れたという確信を勘兵衛は得た。

どうりゃ。猛烈な気合をかけ、竹刀を上段から叩き落とした。

左源太の面をとらえたかに見えた瞬間、左源太の姿が消えた。右へ動いたのがわかったが、左源太はすでに視野の外だった。

しまった。勘兵衛は、左源太を甘く見ていたおのれを呪《のろ》った。誘われていたことに気づかなかった。間合に入ったのではない、入れられたのだ。

勘兵衛は左源太を捜そうと体をひるがえそうとした。だがすぐにとどまり、逆の方へ竹刀を振った。

びしりと竹刀が弾き合う音がし、振り向くと、面のなかに目を血走らせている左源太の顔がはっきりと見えた。

鋭い足の運びで勘兵衛の懐に飛びこもうとしている。しかし勘兵衛にはすでに余裕ができていた。左源太の手のうちは見えている。どんな動きを見せようと、対処できる自信があった。

勘兵衛は胴に竹刀を入れようとした。左源太はすばやく下がり、かわした。右にはね飛んで、また勘兵衛の視野から消えようとしたが、勘兵衛は今度は見失わなかった。

一気に間合をつめ、面に竹刀を打ちおろした。左源太はあっと叫び声をあげてかわそうとしたが、逆胴に変化した勘兵衛の竹刀を避けることはできなかった。

びしりとしびれる手応えが伝わり、竹刀を引いた勘兵衛はすっと体を戻した。

左源太は無念そうに床に片膝をついている。

「勘兵衛、どうして俺が逆へまわったのがわかった」

「勘だ」

「またそれか。勘兵衛にはいつもそれでかわされる。考え抜き、必死に稽古を積んでやっとものにしたというのに」

「まあ、そんなに落ちこむな」

「無理だ。勘兵衛を打ち倒すことを目標に稽古に励んできたんだぞ」

「資質がちがいすぎるんだよ」

見ると大作が寄ってきていた。

「勘兵衛、久しぶりだな」

「おう、大作。元気そうではないか」

「資質がちがいすぎるとはどういう意味だ」

立ちあがった左源太が問う。

「言葉通りの意味だよ」

「大作、おまえは勘兵衛を倒せるのか」

「いや、無理だ」

「資質のちがいか」

「もともと俺にはたいした資質はない。左源太と似たようなものさ」

「なんだと。なら俺と立ち合え」

「よかろう」

大作が手ばやく着替えてきた。

竹刀を手にして二人が向き合う。勘兵衛は審判役を受け持った。

左源太は闘志満々だ。叩きのめしてやる。そうつぶやいたのがきこえた。

二人は打ち合いはじめた。激しくやり合っているが、お互い腕は互角でなかなか勝負が決しない。

左源太がさっき勘兵衛に対してつかった剣を見せかけたが、逆に大作の打ちこみが甘すぎて、罠《わな》として働かなかった。

左源太が汗で足を滑らせ、体勢を崩しかけたところを狙われた。なんとか弾きあげたが、左源太は劣勢に追いこまれた。

しかし今度は大作がここぞというときに足を滑らせた。竹刀は空を切り、胴ががら空きになった。

そこを体勢を立て直した左源太が鋭く打ち抜いた。あっ、と大作が面のなかで表情をゆがめた。

勘兵衛は、勝負ありを宣した。

その後、勘兵衛は道場にやってきた若い者と稽古を繰り返した。

正直、伸び悩んでいる左源太や大作などよりはるかに伸びしろがある者が多いように感じられた。

「よし勘兵衛、行くか」

庭での水浴びを終え、さっぱりした顔の左源太が誘ってきた。横で大作も期待に満ちた瞳をしている。

日はすでに陰り、あたりには寒々しいほどに感じられる暗がりがいくつもできていた。酒で体をあたためるには、格好の刻限になりつつあった。

「どこへ、などといわんだろうな」

「わかっているよ」

勘兵衛と稽古をした若者六名もついてきて、けっこうな人数になったが、楽松の店主の松次郎はこころよく迎え入れてくれた。

二階座敷に勘兵衛たちは落ち着いた。

「勘兵衛、勘定は持ってくれるんだろうな」

「またか」

「またかってそんなに何度も顔を合わせているわけじゃないだろうが」

「わかったよ。おごろう。なんでも好きな物を頼んでくれ。酒も好きなだけ飲んでくれ」

左源太が注文をすらすらしてゆく。さすがに慣れたもので、特にいい物しか頼んでいない。

やがて目の前は料理と酒で一杯になった。

さっそく乾杯し、勘兵衛は料理に手をつけた。ここ最近よく来ているが、この店の料理には飽きることがない。こういう店を馴染みにできている幸運に勘兵衛は感謝した。

「しかし勘兵衛は強いよなあ」

酒を一口すすって大作が慨嘆する。

「本音をいえば、俺もあれだけの強さがあれば、と思うよ」

「そうだよな、飯沼さんもその腕を見こんで引っぱったんだよな」

左源太がはやくも据わったような目でいう。

「どうだろうかな」

「どうだ、仕事は。たいへんか。まさか退屈ってことはあるまい」

「充実はしているな。楽しいかどうかは別問題だが」

「でも、書院番のときより顔色がいいな。疲れは少なくとも出ておらぬぞ」

「そうか。逆に俺はおまえたちのことが心配になってしまうな」

「どうしてだ」

剣のことをいうわけにはさすがにいかず、勘兵衛は婿入りのことを口にした。

「いつまでたっても決まらぬというのも、どうかと思うぞ」

「それは、おぬしがちゃんと紹介とかをせんからだろうが。まったく薄情なやつだ」

「わかった、わかった。明日からきけるところにはきくようにする。それで、どこか引つかるところもきっと出てくるだろう」

「ほんと、頼むぞ、勘兵衛」

左源太も大作も目から酔いが消え、竹刀を振っている以上に真剣な顔になっている。

五

「おい勘兵衛、ちょっと来い」

翌日、飲みすぎてさらに重くなった頭を抱えるように出仕した途端、麟蔵に呼びつけられた。

「昨夜、楽松にいたそうだな」

「はい、確かに」

「道場仲間と飲んでいたらしいが、その手のつき合いは慎め」

「えっ。まずいのですか」

「むろんだ。最初にいっておかなかった俺が悪かったが、いいか、友だけではない、親類も同様だぞ。親しくつき合って、探索に手心が加わるのが一番怖い」

「それがしはそのような真似は決していたしませんが」

「誰でもそういうんだ。まあ、おまえの場合は本当にその通りなんだろうが。ただ、おまえはやさしすぎるからな、そのあたりが俺の気がかりなところだ」

人を叱れないし、怒れない。ただし仕事となったとき、そんな気持ちをはさむことのない確たる自信はある。

そのことを麟蔵にいった。

「わかっている。だが、おぬしが手心を加えておらぬといい張っても、果たして人がどう見るかだ」

返す言葉がない。しばらく勘兵衛は押し黙り、考えていた。

あれが左源太たちとの最後の宴になるのだったら、もっと飲んでおけばよかった。飲ませておけばよかった。

しかし今さら仕方のないことだった。勘兵衛は腹に力を入れ、未練を突き放すようにした。

「わかりました。本日より、友や縁戚《えんせき》たちとのつき合いを絶ちます」

「今からだ」

「本日ただ今より、つき合いを絶ちます」

「それでいい」

勘兵衛はふと気づいたことがあった。

「あの、一つよろしいですか。お頭はどうなのです」

「いえ、我が兄善右衛門《ぜんえもん》とのつき合いです。兄とはもともと道場以来のおつき合いですから、友ですよね。今もともに酒を酌んだりしていらっしゃいますが、あれはよろしいのですか」

「なんのことだ」

痛いところを突いたはずだが、麟蔵は平然としている。

「それか。俺は、書院番組頭という要職についている男からいろいろ話をきかせてもらっているのだ。組でなにか悪さを考えている者、悪い噂が立っている者、あるいはすでに悪さをはじめた者。書院番だけでなく、同じ番衆である大番衆《おおばんしゅう》や新番衆《しんばんしゅう》などにもそういう者がおらぬか、酒を飲みつつきいているんだ。善右衛門は友などではないぞ。友というのは道場時代だけにすぎぬ。今は仕事上のつき合いだ」

しゃあしゃあといってのけた。

「あの、お頭。では仕事上のつき合いであることを建前にすれば、友と酒を飲んでもかまわぬということですか」

「馬鹿者っ」

怒鳴りつけてきた。

「だから善右衛門は友ではないわ。なにが建前だ。下がれっ、この無礼者が」

はは、と勘兵衛はその迫力に畏《おそ》れ入って平伏したが、下がり際、麟蔵がかすかに笑みを浮かべたように見えた。一瞬で消え失せてしまったが、それが麟蔵の本心をあらわしているような気がした。

つまりはそういうことか。

そのあたりはうまくやればいいのだ。そう麟蔵はいっているように思えた。

「なにを叱られてたんだ」

市中に出てしばらくしたとき修馬にきかれ、勘兵衛は答えた。

「となると、俺も注意しなければならぬな」

「そうだぞ。本八屋のことは大丈夫だろうが、元造のことは話していないんだよな。やくざ者とのつき合いを知られたら、下手をすれば改易だぞ」

「そうかな」

修馬が首をひねる。

「俺がばれたら、勘兵衛も同罪だな」

「どうしてだ」

「出入りに出て、相手の用心棒を倒したではないか。あれは立派に元造一家に手を貸したということだろう。勘兵衛にはすでに十分な関わりができている」

「馬鹿な。あれはおぬしが無理にやらせたのではないか」

「そうかな。断ろうと思えば断れたはずだ。血の騒ぎを抑えきれなかったのは、勘兵衛自身だろうが」

勘兵衛はつまった。修馬が話題を変えるようにいう。

「しかし勘兵衛、気にならぬか。どうして昨夜のことをあの人は知っているんだ」

「いわれてみれば、まったくその通りだ」

「楽松で飲んでいたのだよな。お頭もいたのかな」

「かもしれぬが、それだったら声くらいかけてもいいはずだ」

「となると、見張られていたのか」

勘兵衛ははっとして振り返った。修馬もあたりをきょろきょろと見まわしている。

それらしい人影は見当たらない。近くを歩いているのは町人ばかりで、勘兵衛たちに目を向けている者はいないし、気をとめているような者もいない。

「どういうことかな。俺たちが新入りなので、見張りをつけているのかな」

首をひねって勘兵衛はいった。

「そんな無駄はせぬだろう。きっとお頭と勘兵衛の両方を知っている者が飲んでいたにちがいないさ」

「かもしれぬが、もし見張りがついているのだとしたら、これまでのことをすべて知られていることになるぞ」

「別にかまわぬではないか。お頭はなにもいってこられぬのだから。つまり、俺たちはお頭のお気に障るようなことはなにもしておらぬということだ」

「よくそんなのんきなことがいえるものだ」

「性分なんでな。終わってしまったことをくよくよしたところで仕方ない」

「俺もそういうふうになりたいよ」

修馬を見やって勘兵衛は慨嘆した。

六

「ところで勘兵衛、これからどこへ行く」

「そうだな、八郎左衛門以外で最後にお美枝さんを見たのは、子供たちだよな。最期の日のお美枝さんがどういう様子だったか、やはりじかにきいてみたい」

修馬に連れられるようにして、勘兵衛は子供たちのところへ行った。

「あっ、修馬のお兄ちゃん」

路地に入った途端、姿を認めた子供たちが枝折戸を飛ばしかねない勢いで駆け出てきて、修馬にまとわりついた。

「頭の大きいおじさんもいらっしゃい」

「いつ見てもでかいね」

「ねえ、なにか食べたの。今も食べてるの」

「こら、なんてこというんだ」

目を険しくして修馬が叱る。

「頭がでかくなる食べ物などあるか」

「あったら食べるのか」

これは勘兵衛が子供たちにきいた。

「ううん、口にしないよう気をつける」

おいみんな、と修馬が呼びかける。

「このおじさんがお美枝のことについてききたいことがあるんだ。答えてくれるか」

「姉ちゃんのこと」

子供たちの顔にせつないような、懐かしいような感情が浮かんだ。それでも、いいよ、と声をそろえる。

ありがとう、と修馬がいった。

「でも、ここではちょっと話しにくいな。家へ入ろう。ああ、そうだ、今日は手習はどうした」

「休みだよ」

「そうか。ちょうどよかった」

みんなで家のなかに落ち着いた。

勘兵衛の前にずらりと子供たちが並んで座っている。横に修馬がいて、子供たちを見渡した。

「ではさっそくきくぞ。——勘兵衛、頼む」

うなずいて勘兵衛は息を一つ入れた。

「亡くなった日のお美枝さんだが、なにか変わったことがなかったかな。なんでもいい、少しでもおかしいところ、妙に感じたところがなかったか、思いだしてほしい」

「修馬兄ちゃんにもきかれたけど、あの日、お美枝姉ちゃんにおかしなところなんてなかったよ」

「そうそう。いつもの明るい姉ちゃんだった」

目の前に座る二人の男の子がいった。

「お美枝さんは何刻頃にここを出て、八郎左衛門のところへ向かったのかな」

「えーと、あれは」

左手に腰をおろしている男の子が大人のように腕を組み、考えこむ。

「八つ半すぎです」

うしろのほうから声が飛んできた。見ると、このなかで一番年かさで、確か修馬がお咲と呼んでいた女の子だ。

「まちがいないか、お咲」

真剣な顔で修馬がきく。

「まちがいないわ。手習が終わって、みんなにおせんべいをだしてくれたあと、じゃあ行ってくるわ、って出かけていったから」

「出かけていった先は、八郎左衛門のところだけかい」

勘兵衛はたずねた。

「いいえ、ほかにも買い物をしてくるっていってました」

「それはどこへ」

「いつもの八百屋さんとかです。夕餉の買い物だと思います」

「夕餉はいつも何刻頃かな」

「だいたい六つ（夕暮れ頃）前くらい」

「では、お美枝さんは七つ半（午後五時）には戻ってくるつもりでいたことになるな」

勘兵衛は修馬を見た。

「久しぶりに会ったために話が弾んで帰りがおくれた、と八郎左衛門がいった、といっていたな。七つ半には戻ろうとしていたお美枝さんを、六つ半近くまで引きとめたというのはどういうことだ」

「ちょっと勘兵衛」

立ちあがった修馬が手招きし、勘兵衛を子供たちから離れたところに連れていった。

「八郎左衛門が怪しいというのか」

「そうはいっておらぬ」

「八郎左衛門は確かに最後にお美枝に会っていた男だからな、御番所に疑われ、かなり厳しい取り調べを受けている。だが、六つ半から五つ半（午後九時）までのあいだには店にいたことがわかっている。奉公人たちも証言しているし、ちょうどその晩、八郎左衛門には客があったんだ。金を借りに来た旗本だ。その旗本はお美枝が帰ったあと、すぐにやってきて、五つ半すぎまでいたそうだ。その旗本も証言している」

「だとすると、八郎左衛門はお美枝さん殺しには関わっておらぬことになるな」

「当たり前だ。八郎左衛門にはお美枝を殺さなければならぬ理由はない。お美枝を娘も同様に、いや、娘と思っていたのだから。それに、お美枝を引きとめてしまったことをすごく後悔していた。涙を流して俺に謝ったよ。あの涙に嘘はない」

「おぬしがそこまでいうのなら、八郎左衛門は無実だな」

子供たちに礼をいい、勘兵衛たちは家を出た。

「どうする、勘兵衛。一応、八郎左衛門に会うか」

「いや、いい。それよりもほかに話をききたい者がいる」

勘兵衛は修馬を引き連れるようにして道を歩いた。

今日は陽射しがなく、かなり涼しく感じられる。木々もあと一月もすれば色づきはじめるのが自らわかっているのか、葉っぱからはみずみずしさが失われつつあるようだ。

この一足早い涼しさに誘われるように町はにぎやかで、行きすぎる人たちの着物もだいぶ秋めいたものになっている。どこからか秋刀魚《さんま》を焼いているらしい匂いも漂ってきている。

「おい勘兵衛。どこまで行くんだ」

しびれをきらしたように修馬が声をかけてきた。

「じきだ。いつもならこのあたりを見まわっているはずなんだが」

勘兵衛は立ちどまり、付近を見渡した。

「おらぬな」

「誰を捜しているんだ」

修馬が口にした途端、勘兵衛は雑踏のなかに一際高い長身を見つけた。

手を振ると、目ざとく勘兵衛を見つけたようで早足で近づいてきた。

「久岡さん、偶然ですね」

七十郎が勘兵衛に会えたことを、いかにもうれしそうに口にする。うしろの清吉も笑顔で挨拶してきた。

「ああ、この前はどうもありがとうございました」

「いや、礼をいうのはこちらのほうだ。七十郎のおかげで、お頭にはなにも伝わっておらぬ」

「でも油断はできませんよ、なにしろ飯沼さんですからね」

「七十郎、ききたいことがあるんだ」

「なるほど、ここで会ったのは偶然ではないのですね。ききたいことといわれますと」

すかさず勘兵衛は話した。

七十郎はかすかに顔をしかめ、申しわけなさそうに修馬を見た。

「手塚さんだけでなくそれがしも懸命に調べていますが、これといった手がかりはつかめてないのですよ。正直、探索は難航しています」

「そうか」

勘兵衛は額に手をやり、汗をぬぐった。

「お美枝さんの遺骸を見つけたのは誰だ」

「近所のばあさんです。朝はやく、近くに来る豆腐《とうふ》売りからあぶらげを買うために路地を通ったら、ということです」

「なにも見ておらぬということか」

「ええ。うらみを買うような娘ではなかったのは確かですし、あの晩なにか見てはならぬものを見てしまって、ということもなかったようです。お美枝さんが身をひそめたらしい路地の付近では、なにもそれらしい事件は起きていないものですから」

七

「長引きそうだな」

勘兵衛は独り言を口にするようにいった。

七十郎たちとわかれたのち、お美枝の死骸を見つけたばあさんに会うなどしたが、手がかりは見つけられなかった。なにも得られないまま日は暮れはじめ、勘兵衛たちは城への帰途についている。

「それははなからわかっている。いま俺は、勘兵衛が探索をはじめてくれたことに感謝の思いで一杯だ。俺一人の力では無理だが、お頭に見こまれた勘兵衛がいてくれれば、きっと解決の糸が見えてくるのでは、と思える」

「俺も決してあきらめぬ。修馬がお美枝さんの墓前に下手人捕縛の報告ができるよう、力添えは惜しまぬ」

「ありがたい」

「そのときは俺も連れていってくれ。残念ながら俺はお美枝さんに会えなかったが、墓前に行けば、面影が浮かんでくるような気がする」

「きれいだぞ」

おどけるようにいったが、修馬の声はやや湿り気を帯びている。

「そのあとは、修馬のおごりで酒だな」

「よかろう。いくらでも飲ませてやる」

城に近づくにつれ、下城してきた者たちと数多くすれちがうようになった。勘兵衛たちを徒目付と見抜いた者は伏し目がちに挨拶してゆく。そのほかの者たちは会釈するだけで通りすぎてゆく。

「まだ俺たちは貫禄《かんろく》が足りぬようだな」

「お頭のようになりたいか」

「悪くない。お頭と一緒にいると、潮が引くように道があく。あれは気持ちがいい」

小さく笑った勘兵衛は、向こうから来る男に気づいて笑みを消した。

「これは佐々木さま」

立ちどまり、小腰をかがめた。

「おう、久岡ではないか」

隆右衛門が気楽に右手を掲げた。前後を十数名の供がかためている。

「これから城に戻るのか。ずいぶんとおそいではないか」

「もう慣れました」

「そうかな。本心では、書院番に戻りたいと思っておるのではないか」

なんと答えればいいか困った。

「まあ、そんなに深刻に考えぬでもよい。見たところ、顔色もよくなっているようだ。毎日が充実しているようだな」

「おかげさまで」

「それでこそ、送りだした甲斐《かい》があったというものよ」

隆右衛門がちらりと修馬を見た。

勘兵衛はすかさず紹介した。二人が名乗り合う。

「では、これでな。久岡、話ができて楽しかった」

悠々と歩きはじめた隆右衛門の姿は、濃くなってゆく闇の波に飲みこまれるように見えなくなった。

修馬がいつまでもそちらを見ている。

「修馬、帰ろう」

「あ、ああ」

修馬が肩を並べてくる。

「なあ、勘兵衛」

修馬の顔には、気がかりというべきものが刻まれている。

「あの人にうらみでも持たれているのか」

「なんだ、どういう意味だ。どうしてそんなことをいう」

「いや、あの人を見ていて、なにか妙な感じがしたんだ。おぬしに殺気を放っているような気がしたんだが、気がつかなかったか」

まさか、と思いつつも隆右衛門といざこざがなかったか勘兵衛は考えてみた。

組頭と配下ということでのつき合いはあったが、私的なつき合いはこれまで一切なく、一緒に飲みに行ったこともない。刃傷《にんじょう》沙汰《ざた》はおろか、口争いだってしたことはない。

うらみを買うようなことはこれまで一度たりともなかったはずだ。

勘兵衛はそのことをいった。

「修馬、考えすぎだろう」

修馬がじろりと見た。

「本当は引き抜かれたくなかったのではないか。佐々木どのとしては引きとめたかったが、勘兵衛は徒目付に移った。それで面目を潰されたと考え……」

「それは俺を責めることではなかろう。それに、もし引きとめたかったとしたなら、そのことを申し述べられたはずだが、以前佐々木さまはお頭の申し出をこころよく受けたという話をされた」

「そうか。そうだよな、勘兵衛は上役とはうまく折り合いをつけられるたちだよな。うらみを買うわけがないか。俺の勘ちがいか」

それでも納得しかねているのか、修馬は盛んに首をひねっている。

勘兵衛は気にかかるものを感じ、隆右衛門が去っていった方向に顔を向けた。

重くなった闇が、厚い壁のようにただ立ちはだかっているだけだ。

相変わらずなにもわかっていない顔をしておった。

隆右衛門は歩きつつ、腹が立ってならなかった。

許せぬ。

隆右衛門は振り向いた。うしろにいる供たちと目が合う。

苦々しげに息を吐き、顔を戻す。

今すぐにでも殺したい気分に駆られたが、自重するだけの分別はある。

なにより久岡勘兵衛を殺すことで、取り潰しになるのだけは避けなければならない。そう、それだけは避けなければならない。

家は命より大事だ。守り続け、次の代に渡さなければならない。

番町の屋敷に帰り着いた。着替えをすませ、夕餉を取る。湯に浸《つ》かって、今日一日の疲れを取った。

思い浮かぶのは、先ほどの久岡の顔だ。

なにもわかっておらぬ。

また腹立たしさがわき起こってきた。

あの世に送るときに、よくいいきかさねばならぬ。

そう、黙って殺すつもりはなかった。どうして殺さねばならないか、教えてやるつもりでいる。

それで久岡が納得するかはわからない。いや、納得はしまい。

湯を出て、その足で妻と娘たちの住んでいる奥御殿と呼ばれる建物へ向かった。

「お帰りなさいませ」

うむ、と返して隆右衛門は妻の前に腰をおろした。

「お疲れですか」

「たいしたことはしておらぬ。ただ座っているだけだ。疲れるはずもない」

妻がじっと見てきた。

「なにか私にお隠しになっていることはございませんか」

「なぜそんなことをいう」

妻はわずかにためらうような仕草を見せたが、思いきったように顔をあげた。

「ここしばらくのあなたさまは、前のあなたさまとはちがっております。まるで別の人になってしまったような感じがしてならぬのです」

「そうかな」

隆右衛門は顔をつるりとなでた。

「勘ちがいではないのか」

妻はきっぱりと首を振った。

「長年連れ添ってまいりました私が見まちがうはずがございません」

畳に両手をそろえる。

「どうか、正直におっしゃってください。なにをお隠しになっているのです」

さすがだな、と隆右衛門は思った。もう三十年近くも年月をともにしてきた。そのあいだ、苦しいこと、悲しいことを数多く経験し、二人で乗り越えてきた。その妻の目をごまかせるはずがなかった。

「里香のことですか」

ずばりいわれた。

「どうしてそう思う」

かすれ声になっている。

「私がそうであるように、あなたさまもまだ里香の死から立ち直っておらぬからです」

妻が痛ましげな目で見ている。隆右衛門はそらすことなく、見返した。

妻の瞳には、本当のことをいってくれるのでは、という期待がつまっている。

隆右衛門は息をのんだ。いってしまおうか、と決断しかけた。

「いや、わしはなにも隠してなどおらぬ」

妻が悲しそうに吐息を漏らした。

八

翌日、またも勘兵衛たちは空振りに終わった。正直、次はどこへ行くべきかなにも思い浮かばないほどの手づまりになっている。

麟蔵にそのことを話したが、さすがの麟蔵も効き目がありそうな助言をすることはできなかった。

「とりあえず、今日は帰って休め」

「わかりました」

勘兵衛は答えたが、すぐに言葉をつなげた。

「あの、和田竜之進捜しのほうはいかがでしょうか」

「気になるか」

麟蔵はまずいものでも口に入れたような顔つきになった。

「なにもない。いい話はなにも出てきておらぬ」

勘兵衛たちは麟蔵の前を下がった。

「おい勘兵衛、うまくないな」

自分の文机の前に戻った修馬はしかめ面をしている。

「本当にお美枝殺しの下手人、見つけられるかな」

「進展がないのは事実だが、まだはじめたばかりだ。焦ることはない。町方が解決できぬ事件を解き明かそうというんだ、この程度の滞りは当然のことだ。修馬、ちがうか」

「勘兵衛のいう通りだ。弱気になったようだな。すまぬ」

「謝ることなどないさ」

実際のところ勘兵衛に徒労感がないわけではない。しかしそんなことは断じて口にすべきではない、と思っている。

剣は弱気を口にした途端、すべてが悪い方向に流れはじめる。これまで何度も経験してきた。それは探索という仕事もきっと同じだろう、と勘兵衛は肌でさとっていた。

「あの、山内さま」

徒目付の詰所に入ることを許されている小者が遠慮がちに声をかけ、近づいてきた。

「お客がいらしています」

「誰だ」

「安東知之介さまです。先の廊下でお待ちです」

修馬が驚いたように勘兵衛を見た。

「わかった。すぐに行くゆえ、待ってもらってくれ」

一礼して小者が去ってゆく。

「なにかな。勘兵衛もそこまでついてきてくれ」

二人で廊下に出た。勘兵衛をそこに置いて、修馬が廊下の曲がり角のところに立っている知之介のほうへ歩いてゆく。

遠目だが、知之介は思いつめているように見えた。

二人で話をしていたが、すぐに修馬が首を振ってみせた。

勘兵衛は詰所に引っこんだが、日誌に半分も書かないうちに修馬が戻ってきた。

「なんだって」

筆を持つ手をとめて、きいた。

「いや、それが要領を得んのだ。結局なにも話さずに帰ってしまった」

「なにか話があったのはまちがいないんだよな」

「それはそうだろう。でも話したくないのを無理にききだすこともできぬ」

「父上の死に関してのことだろうか」

「俺もそう思ってきいてみたのだが……」

「なにかつかんだのかな」

「かもしれぬが……勘兵衛、お頭に話したほうがいいかな」

「そうしたほうがいいだろう」

二人で麟蔵の前に正座した。

「ほう、あの男、なにを心に秘めているのかな。気になるな」

麟蔵が下を向き、考えこんだ。

「よし勘兵衛、修馬。明早朝、やつを訪ね、きだしてこい。一晩寝れば、きっと頭も冷えているだろう」


すでに秋の深い闇がおりてきているのを確かめた隆右衛門は母屋を裏から出て、敷地の北側に建つ石造りの蔵へ向かった。

屋敷内の下男《げなん》の目ですら避けるように蔵の前に立って錠に鍵《かぎ》を差しこみ、分厚い扉に手をかけた。

低い音を立てて扉があく。

「わしだ」

なかに声をかけると、のっそりと男が出てきた。

「生きておるか、竜之進」

「むろん」

和田竜之進が隆右衛門に近づいてきた。

「今からか」

「そうだ。手はず通りにやれ」

隆右衛門は刀を渡した。

竜之進は無表情に受け取り、すっと抜いた。闇が生むわずかな光に刀身をかざす。

「いい刀だな。先祖伝来のものか」

「この前武具屋で求めたものだ」

「安くはなかったであろうな」

「たいした費《つい》えではない。おぬしが久岡勘兵衛を殺《や》れるのなら、安いものだ」

「殺るさ。俺は今、その思いだけで生きている」

「油断するなよ。やつの腕はよくわかっているだろうが」

「ああ、心得ている」

隆右衛門は近くに人けがないのを確かめてから、庭に出た。竜之進が続く。

「うまくやれ」

隆右衛門は活を入れるようにいった。

「やつの帰り道はこれまでずっと同じだ。ここしばらくは、ほぼ同じ刻限にも帰ってきておる。今から張れば、ちょうどいい時分だろう」

隆右衛門は、黒い影が身軽に塀を乗り越えてゆくのを見送った。

九

「では、勘兵衛。また明日」

「ああ、明日」

手を振って修馬が離れてゆくのを見送って、勘兵衛は歩きだした。

今、何刻だろうか。とうに五つ（午後八時）はまわっているだろう。

町は暗いが、空は真っ黒というわけでなく、残照の名残のような青さがある。月があるわけではないが、すっきりと晴れ渡っているようで、星の瞬きが澄みきった大気を通じてきらきらと明るく感じられる。

道は番町に入った。提灯の淡い光が、両側の武家屋敷の塀や門を次々に照らしてゆく。人けはほとんどなく、人の発する物音すらきこえない。

それは静寂のせいではない。大きな声で鳴きかわしている秋の虫たちのためだ。それぞれの虫が競っているかのようで、音の壁が立っているかのごとくに鳴き声が途切れることがない。その響きには、歌に詠《よ》まれるような奥ゆかしさは微塵も感じられなかった。

歩を進めつつ、勘兵衛はお美枝殺しのことを考えはじめた。

正直、八郎左衛門のことを疑ったのは事実だった。

なぜ八郎左衛門がお美枝を殺さなければならなかったかはわからないが、この前きいたばかりの、店を持つにあたっての身の上話ができすぎていると思えたのだ。

もとは百姓にすぎなかった男が、あれだけとんとん拍子にうまくゆくものなのか。成功の裏には、なにかうしろ暗いものがどろりと横たわっているのではないか。

押しこみ、あるいは追いはぎ。

とにかく八郎左衛門は大金を得、今の稼業に入った。

相棒はお美枝の父親。父親の失踪にも八郎左衛門が関わっている。

そうなのだ。お美枝の父親はもうこの世にいない。わけ前かなにかのいざこざから八郎左衛門に殺され、人知れずどこかに埋められた。

その罪滅ぼしなのか、良心が痛んだのかわからないが、八郎左衛門はお美枝を引き取り、育てはじめた。

しかしなにかの拍子で昔のことがばれ、父親殺しも知られた。お美枝は御番所に訴え出るといい、そして八郎左衛門に殺された。

勘兵衛はすでにここまで考えていたが、修馬の言をきく限り、これは邪推にすぎないようだ。お美枝が殺されたとされる六つ半には客とともに店にいたというのも、覆すことのできない事実なのだろう。

修馬には人を見る目がある。それはまちがいない。それだけの眼力がなかったら、いくら兄の死があったとはいえ、麟蔵が徒目付に取り立てるはずがない。

とすると、お美枝殺しの下手人はほかにいることになる。

いったい誰なのか。

勘兵衛は、提灯が照らしだす闇のなかへ険しい目を当てた。

それで、何者かの姿が浮かびあがることはなかったが、じっと見つめていることで、研ぎ澄まされるような気持ちになってきた。

なにか忘れていないか。

お美枝の関わりというのは、修馬に八郎左衛門、子供たち、あとは近所の者くらいか。

近所の者か。

そういえば、ききこみをほとんどしていなかった。じっくりとときをかけてきき続ければ、お美枝に関し、新たな事実を知る者を掘りだせるのではないか。

よし、明日は近所の者を当たってみよう。

うまくゆくような気分になり、勘兵衛は足をはやめた。

腹が減っている。お多喜はなにをつくってくれているのだろう。それとも、今宵《こよい》は美音が包丁を振るったのかもしれない。

そんなことを考えながらも、不意に背後にわき起こった剣気に対し、すばやく対応することができた。

背中を斬り割ろうとした刀を右に跳ぶように動くことで避け、提灯を投げ捨てる。さらに体をひるがえしつつ刀を引き抜いた。

襲撃者に向き直る。武家屋敷の塀際で炎をあげる提灯の明かりで、目の前に立つ男の姿がほのかに見えた。

刀を構え、勘兵衛をよく光る瞳で見据えている。

「和田竜之進だな」

勘兵衛はずばりといった。

「よくその腕であらわれることができたな」

「挑発か。いや、いわれずともわかっている。実をいえば今の一撃に懸けていたんだ」

いいざま体を返し、走りはじめた。

勘兵衛は地を蹴り、追った。逃がすわけにはいかない。

必死に駆け続けたが、やはり足のおそさはいかんともしがたかった。

竜之進は急坂をくだるような勢いで、闇のなかへ消えていった。

くそっ。勘兵衛は立ちどまり、竜之進の消えていったほうをにらみつけるしかなかった。ひたすら荒い息を吐き続ける。

息がととのうのを待って、刀をおさめた。その場を去ろうとしたが、まだ近くに竜之進がいるような気がした。

いや、もうおらぬな。

あきらめに似た気分で、勘兵衛は屋敷に向かって歩きだした。もちろん一瞬たりとも気をゆるめることはない。

もし今のが竜之進ではなく、例の眼差しの持ち主だったら。

生きていなかったかもしれない。

その思いは、勘兵衛にさらなる用心をさせた。

屋敷前にたどりついて、足をとめた。誰かが門脇の塀際に立っている。

勘兵衛は闇を透かし見た。

「きさま」

思わず怒声を発していた。

そこにいたのはまたも竜之進だった。腕を組み、余裕の表情で眺めている。

「あんた、本当に足がおそいな。驚いたよ」

竜之進は塀から背中を引きはがした。

「なんとかせんと、一生俺をつかまえることはできないぜ」

勘兵衛はじりじりと近づいた。

「子供が生まれたばかりらしいな。それに、ずいぶんきれいな女房もいるそうじゃないか。いや千二百石の大身だ、奥方と呼ばなきゃいかんな」

ふふ、と笑った。すぐに表情を引き締める。

「きさまは兄を殺した。俺もおまえの大事な者を殺してやる」

勘兵衛をにらみつける。勘兵衛もにらみ返した。

しばらく目を合わせたままにしていた。

勘兵衛はとらえるのはあきらめた。殺すしかない、と腹を決めた。

勘兵衛はすらりと刀を抜いた。すすと足を進ませ、間合に入れるや躊躇なく上段から刀を振りおろした。

しかし刀は空を切った。あっさりと竜之進がかわしていた。

「そんなに力が入っていたのでは、いくらなんでも無理だ」

いい放って、木の葉を裏返すように体をひねった。すでに駆けだしている。

勘兵衛は追いはしなかった。どうせ追いつけないし、深追いすることで、竜之進が屋敷内に忍びこむことだって考えられないではないのだ。

勘兵衛は刀を捨て、脇差を抜いた。闇のなか遠ざかってゆく背中に向けて、思いきり投げつけた。

当たらなかった。脇差は竜之進の右側をかすめるように抜けていった。

さすがに竜之進もこれには驚いたようで、ぱっと振り返った。勘兵衛がもう投げるものを持っていないのを見て、安堵したように足をはやめてゆく。

竜之進の姿はまたも闇のなかへ消えた。

勘兵衛は舌打ちした。やはりそうは当たらぬな。

脇差を拾いあげて屋敷に入り、蔵之丞と鶴江に帰着の挨拶をした。それから、たったいま起きたことを話し、厳重に身辺に注意するようにいった。

「できますれば、和田竜之進をとらえるまで他出は控えていただきたいのですが」

「勘兵衛がそういうのなら控えるが、どのくらい辛抱すればいい」

横で怖そうに身震いをした妻を見た義父が、眉をひそめてきく。

「申しわけございませぬ。期限を切ることはできぬのです。できるだけはやくとらえますが、いつまでにとはそれがしの口からは申せませぬ」

「わかった。勘兵衛がいいというまで、どこにも出かけぬ。おまえもいいな」

鶴江はこくりとうなずいた。

「あなたさまのお言葉に私はいつもしたがいます」

勘兵衛は感謝と安堵の気持ちで一杯だ。

「しかし勘兵衛、命を狙われるなどやはり徒目付に移ったのはいいことではなかったのではないか」

常に緊張にさらされるものを求めて移ったのは事実だが、さすがに家族を危機におちいらせることは本意ではない。

「は、申しわけございませぬ」

ほかにいえる言葉がなかった。

二人の前を下がった勘兵衛は空腹を忘れて、奥へと向かった。

美音の横に腰をおろす。

「史奈は」

「寝ています」

横の襖を目で示す。

「なにかあったのですね。お顔が冷たい風に吹かれ続けたようにこわばって見えます」

勘兵衛はなにがあったか語り、義父母に告げたのと同じ言葉を繰り返した。

「わかりました。他出しなければよろしいのですね」

「それで十分だと思う。屋敷内に入りこむことも考えられぬではないが、さすがにそこまではやってこぬのではないかな。これは俺の希望にしかすぎぬが」

「他出できぬとなると、不便ですね」

「どうしてもというときは、滝蔵と重吉《じゅうきち》を必ず供につけてくれ。あの二人は欠かさず稽古を続けたおかげで、かなり腕があがっている。和田竜之進からもきっと守ってくれよう」

「わかりました。でも一刻もはやくとらえてください。私はともかく、あの子になにかあったらと思うと……」

美音が閉じられた襖を見つめた。

「すまぬな、俺のわがままで怖い目に遭わせて」

「いいのです。今の充実しているあなたさまを見ているほうが私もうれしいですから」

美音が笑みを見せる。行灯の灯がちらりと妖しく揺れ、美音の顔が神々しいほど美しく見えた。

勘兵衛は我慢がきかなくなり、美音を引き寄せた。

「よろしいのですか」

胸のなかで美音が笑ってきく。

「おなかがお空きではないのですか」

「先に美音をいただく」

第四章

一

勘兵衛は目を光らせて屋敷を出た。

あらためて滝蔵と重吉に家族のことをよろしく頼む、と命じてきた。

二人は、勘兵衛に頼りにされたこと、また、腕を認められたことがうれしくてならないようで、きっと守り抜いてご覧に入れますと誓った。

実際、二人は勘兵衛の相手にはほとんどならないものの、半年前の二人しか知らない者がもし目の当たりにしたら、瞠目《どうもく》させるだけの成長を見せている。

竜之進を相手にするだけならまずおくれを取ることはあるまい。

そういえば、と勘兵衛は思いだした。あのときの二人はおもしろかった。

二人が一緒になってかかってきたときだが、その忍びを思わせる動きに勘兵衛はあっけにとられ、二人を打ち倒したあと、笑ってしまったのだ。知恵をしぼった二人が勘兵衛を倒すための工夫だったのだが、その示唆を軍記物から得たといっていた。

まだ出仕する者の姿も見えない刻限で、道にはかすかに靄がかかっている。靄は霧のように流れたり、路地の入口や武家屋敷の門にとどまったりしているが、勘兵衛が足早に通ると風に吹かれたように揺れた。

見あげる空はすっきり晴れていて、のぼったばかりの太陽もなんの躊躇もない陽射しを放ってはいるが、その明るさは上空に滞っているらしく、靄を突き破るにまでは至っていない。そして、光の持つあたたかみも地上にまで届いていなかった。

寒いな。

勘兵衛はつぶやき、冬を感じさせるようなやや冷えた大気のなか足を急がせた。

番町の土手四番町《どてよばんちよう》の路上で、修馬と落ち合った。すぐそばに陸奥《むつ》福島三万石の板垣《いたがき》屋敷が建っており、この屋敷の裏手に安東屋敷はある。

「よし、勘兵衛、行くか」

修馬がいったが、勘兵衛は、その前にちょっといいか、と切りだした。

「昨夜、おぬしとわかれたあとのことなんだが」

勘兵衛は語り終えた。さすがに修馬は驚きを隠せなかった。

「竜之進は家族を殺すといったのだな。勘兵衛、お頭には話したのか」

「いや、まだだ」

「知之介どののことは俺一人でいいから、今から行ってこい。家族に警護をつけてもらうようにしろ」

「いや、修馬と一緒に行く。まさか日のあるうちに竜之進も屋敷にはやってこぬはずだ。屋敷にはそれなりに腕の立つ者もいる」

「そうか。そういうのなら、俺としてはかまわぬが。……勘兵衛、俺で力になれることがあればなんでもいってくれ」

「かたじけない」

「礼には及ばぬ。勘兵衛には借りがあるからな。お美枝のことでも一所懸命になってくれているし」

二人は歩きだし、板垣屋敷の西側の道に入った。

安東屋敷が道の右手に見えてきた。

門に向かって声をかける。くぐり戸脇の小窓があき、門衛が顔をのぞかせた。

修馬が身分を明かし、用件を告げた。

待つほどもなくなかに通され、勘兵衛たちは来客用の座敷に落ち着いた。

かなり待たされた。修馬が、おそいな、とつぶやいてからしばらくして、知之介がやってきた。

「こんなにはやい刻限に御徒目付どのが訪れるなど、なにかありましたか」

目の前に正座し、知之介が挨拶もそこそこにたずねる。羽織はまだだが、すでに袴はつけている。

「ご出仕前に押しかけまして、申しわけございませぬ」

修馬が頭を下げ、勘兵衛もならった。

「さっそくですが、申しあげます。知之介どのが昨日いらしたことが、どうにも気にってならぬのです」

修馬が身を乗りだす。

「昨日は、どんなお話があっていらしたのです」

「いや、なにもない」

知之介はあっさりと首を横に振った。

「おぬしの顔が見たくなっただけだ」

「失礼ですが、そのような言葉をいわれるほど互いに親しい間柄ではないはずです。それに、徒目付に会いに行くなど、相応の覚悟が必要でしょう。顔を見たいなどという理由で会いに来るなど、まず無理なことです。昨日の知之介どののお顔には、それだけの覚悟があらわれていました。どうか、お話しください」

「いや、確かに親しい間柄ではないかもしれぬが、懐かしくなったのは事実だ。おぬしの顔を見に行ったというのは嘘でもなんでもない」

「それでしたら、なにも詰所でなくともよかったのでは。仕事に関係していることだからこそ、知之介どのは詰所を訪ねてまいられたのでしょう」

「いや、ちがう」

笑みを浮かべて、手を振った。

「おぬしたちの詰所は大玄関のそばにあるだろう。仕事が終わった帰り際、ふとおぬしのことを思いだして、呼びだしたにすぎぬ」

勘兵衛はそれまで口をはさむことなく知之介をじっと見ていた。修馬がいくらいい募っても無表情にはね返すその顔には、なにかの覚悟が出ている気がする。

それはいったいどんな覚悟なのか。まさか自害か、とも考えたが、知之介が自ら命を絶たなければならない意味がわからない。

いや、そうではない。覚悟に見えるのは、異様な高ぶりといえるものが表情に浮き出ているせいではないか。

「知之介どの」

勘兵衛は呼びかけ、顔を向かせた。

「いったい、なにをされようとしているのです」

かすかに知之介の顔に動揺が走った。それを見逃さず、勘兵衛は続けた。

「父上の死に関することですね。父上の死についてなにかをつかんだのですか。それを伝えたくて、昨日いらしたのではありませぬか」

知之介が息をのんだ。必死に心を静めようとしている。

「それはいったいなんなのです」

知之介が背筋を伸ばし、軽く息を吐いた。見る見るうちに、顔色が平静に戻ってゆく。

勘兵衛は心中で舌打ちした。

「そんなことはござらぬ。先ほども申したように、山内どのの顔を見に行っただけにすぎぬ」

知之介が袴の裾《すそ》を直した。

「お二人にそのような心配をかけ、しかもこのような刻限にご足労いただいて、まことに申しわけなかった。以後、あのような真似は慎むゆえ、どうかご勘弁願いたい」

これで終わりといわんばかりに立ちあがろうとした。

「知之介どの、本当によろしいのですか」

修馬が振りしぼるように声をだす。

知之介が微笑した。その笑いには、どこか諦観《ていかん》したものが感じられた。

「これから出仕ゆえ、どうか、お引き取りくだされ」

屋敷を出た二人は無力感に打ちひしがれていた。

「なにもできなかったな、勘兵衛」

「ああ。俺たちではまだ無理なのか……」

「お頭だったらどうしたと思う」

「どうかな。……やはり口をひらかせていたかもしれぬな」

「しかし、知之介どのはなにをしようというのだろう」

「やはり父上のことだろうな。あの切腹はあんな疑いをかけられたことに対する抗議だろう。いま考えると、あの死にざまは立派の一言に尽きた。あれだけの切腹のできる人が、果たしてあんなせこい真似をするだろうか」

「あの死の裏にはやはりなにかあり、それを知之介どのはつかんだということか」

「とにかく、知之介どのから目を離さぬほうがいいかもしれぬ」

登城した勘兵衛たちは顛末《てんまつ》を麟蔵に告げた。

「覚悟を秘めた顔か」

麟蔵は首をひねり、考えはじめた。

「よし、さっそく今日から人を張りつかせることにする。なにかしでかしそうな予感がしてならぬ」

麟蔵はその場で二人の小者を呼び、一人の耳元に小声でささやいた。小者がつぶやくように復唱すると、麟蔵がうなずいた。二人は一礼して詰所を出ていった。

「よし、これでよかろう。動きがあれば知らせてくる」

お頭、と勘兵衛は声をかけ、昨夜起きたことを語った。

「なに、和田竜之進があらわれただと」

麟蔵が膝を立てかけた。

「どうしてそれを先にいわぬ」

「申しわけございませぬ」

麟蔵が腕組みをした。

「家族の命を狙うといったか。気がかりだな。やつは本気か」

「それがしの感触では」

「だが、やつにだって頭はある。こうして勘兵衛が俺に報告することはわかっているはずだ。やつが本気で襲うつもりなら、わざわざ警《いまし》めを発するか。網が屋敷に張られるかもしれぬのだぞ」

「となると、狙いは別にあると」

「兄の仇討とするなら、おまえの命が取れればいいことになる。しかし、やつの腕では無理だ。やつとしては策を練らねばならず、それが昨夜の警めということか……」

唇を噛み締めて麟蔵が顔をあげた。

「勘兵衛、一応警護をつけるか」

「はい、できますれば。屋敷には腕の立つ者もおりますし、決して一人で他出せぬようきつくいってきましたゆえ、大丈夫でしょうが、やはり心配です」

「わかった。腕利きの小者を何名か、それとなく目につくところに伏せておく。網が張ってあると知れば、やつも迂闊《うかつ》に屋敷には入ってくるまい。家族が他出するときも決して目を離さぬよう申しつけておく。――勘兵衛、おまえにはつけなくていいのか」

「修馬がそばにいてくれれば十分です」

「だろうな。それに、おまえを凌駕《りょうが》できる腕の持ち主は残念ながらここにはおらぬ」

自分たちの文机の前に戻った勘兵衛たちは、外へ出るための支度をはじめた。

ふと襖がひらき、一人の小者が風のように入ってきた。麟蔵のもとへすばやく寄り、ひそひそと耳元に話している。

「まことか」

きき終えて、麟蔵が問うた。小者が深いうなずきを返す。

麟蔵が立ちあがり、皆の目を向かせた。

「高市玄蕃《たかいちげんば》という旗本が切腹して果てた。今から屋敷へ急行する」

二

「おい勘兵衛、また茶室だな」

修馬が、松の大木脇のこぢんまりした建物を見つめていう。

「このなかで切腹したというのか。知左衛門どののときとまったく同じではないか。——今朝の安東知之介どのの顔には、異様な高ぶりがあらわれていたが、まさかこれが原因ではあるまいな」

「おそらく修馬がにらんだ通りだろう」

こたびの惨劇には安東知之介が確実に関係している。

今、茶室のなかでは仙庵の検死が行われている。

やがて仙庵が出てきた。

「いかがですか、先生」

すぐさま歩み寄って麟蔵がきく。

「自害ですか」

仙庵が首を振った。

「この前のは明らかに自害でしたが、こちらはちがいます」

死骸が運びだされてくる。

「ご遺骸を見ながら説明しましょう」

戸板にのせられた死骸が仙庵の前でとめられ、地面に置かれた。

「まず、着物の上から腹を切っているというのが解せません。それにここ――」

医師は死骸の首筋を指さした。

「傷があるでしょう。太い血脈は首の左側を走っています。ですから、ここの血脈を断つことでとどめになります。しかし、この傷はかなり下にずれています。ここを切ったところで、簡単には死ねません。自害をしてのけようとする者がこんなへまをするとは、とても思えませんな」

「つまり自害に見せかけたと」

「おそらく短刀で腹を突き刺し、さらに引き抜いた短刀を首に向けて振ったのでしょう。ですから、このように浅くて長い傷になったのだと思われます」

「殺されたのは何刻頃だと」

「今朝はやくでしょう。おそらく六つから五つ（午前八時）までのあいだではないかと。

――この仏さまの名は」

麟蔵が教えた。

「歳は五十二で、納戸役をつとめられています」

「そうですか。手前は五十一ですが、来年このような死に方はできれば……。ほかにおききになりたいことはございますか」

「いえ、もうけっこうです。どうもありがとうございました」

ではまた、と仙庵が去ってゆく。

麟蔵に連れられるようにして、勘兵衛たちはにじり口から茶室のなかをのぞきこんだ。

「すごいな、これは」

修馬が目をみはっている。勘兵衛も同感だった。

茶器が割れ、蓋《ふた》の取れた鉄瓶が転がっている。棚が落ち、掛軸も斜めに破れている。なにより畳が血だらけで、太い文字を書くようになすりつけられた跡がついていた。

「激しくもみ合ったようだな」

目の前に広がる血の跡だけで自害でないのは一目瞭然《いちもくりようぜん》で、玄蕃の家族が病とすることなく届け出てきたのは至極当然といえた。

「これが玄蕃どのの右手に握られていた」

麟蔵が短刀を掲げ、身のところがよく見えるようにした。そこにはべっとりと血が付着していた。

「この短刀は玄蕃どののもの、と家族は認めた。勘兵衛、修馬、詳しい事情をきいてこい」

麟蔵が顎をしゃくる。その先には、庭にひっそりとたたずむ玄蕃の家族らしい者の姿があった。

勘兵衛たちを悲しみの目で迎えたのは、玄蕃の妻とせがれらしいまだ若い男だ。

勘兵衛は名乗り、修馬も続いた。

「我らにご当主の死を届けたというのは、その死に不審を感じたからですね」

「むろんです」

勘兵衛がきくと、せがれが語気荒く答えた。

「あの茶室の荒れよう一つ見てもそうですし、父上には自害せねばならぬ理由はありませぬから。昨夜だって、いつもと変わらぬ様子で寝につきました」

「せがれのいう通りです。明日届けられる予定の茶碗をとても楽しみにしておりましたし……」

言葉を添えて妻が目頭を押さえる。

「ところで玄蕃どのですが、朝はやくから茶を点《た》てる習慣がありましたか」

「ええ、ほとんど毎日です」

せがれが答える。

「嵐の朝ですらとめないと行きかねぬほど、朝の茶が好きでした」

下手人はそれを知っていたことになる。いや、安東知之介が、というべきか。

「いつも何刻頃に茶室へ行っていたのですか」

「そうですね。六つ前には必ず。夜明け頃の清澄《せいちょう》さのなかで茶を点てて飲む。これが最もうまい飲み方だとよくいっていました」

勘兵衛はうなずいた。

「玄蕃どのはかなり激しく賊とやり合ったようですが、なにか物音や悲鳴はききませんでしたか」

妻とせがれは思いだそうとしていたが、二人とも力なく首を振った。

「残念です。そのときもし気がついていれば、父上を助けられたかもしれぬのに」

「玄蕃どのですが、ここ最近、変わった様子はありませんでしたか」

「いえ、そういうのは別に。いつもの明るい父上でした」

勘兵衛は妻に目を向けた。

「私も気がつきませんでした」

「玄蕃どのにうらみを抱いている者に心当たりは」

母とせがれは顔を見合わせて考えこんでいたが、同時に、心当たりはありませぬ、と答えた。

「玄蕃どのは御納戸役とのことですが、仕事の関係で愚痴をこぼしたようなことは」

「ありませんでした。父上は仕事が好きで、誇りを持っていましたから」

「でも本太郎《ほんたろう》、そういえば、ちょっと沈んでいたことがなかった」

「どういうことです」

本太郎と呼ばれたせがれが問い返す。

妻は勘兵衛のほうを向いた。

「いま思いだしたのですが、ずいぶん暗い顔をして帰ってきたことがあったのです。私がどうかされたのですか、ときいても、いやなんでもない、とお答えになって」

「その原因について心当たりは」

「いえ、ありませぬ。でもあの日、出仕前はいつも通りでしたから、仕事の最中になにかあったにちがいないと思います」

「それはいつのことです」

妻は思いだすような瞳をした。

「つい一月ほど前のことです」

「玄蕃どののその様子はどのくらい続いたのです」

「そうですね、ほんの二日くらいだったように思います」

「それはつまり、問題は解決したということなのでしょうか」

「そういうことでしょう。夫はなにもいいませんでしたけど、いつもの明るさを取り戻していましたから」

勘兵衛は顎の下をかいた。

「玄蕃どのと親しかったお方を教えていただけますか」

妻が四人あげ、せがれが二人の名を加えた。

「安東知左衛門どのと親しくはなかったですか」

「安東どのといわれると、こないだ茶室で腹を召されたとききましたが」

せがれが険しい目で見つめてくる。

「もしや安東どのも殺されたのですか」

「いえ、そういう事実はありませぬ」

きっぱりといい、勘兵衛は見つめ返した。

「答えていただけますか」

「ええ、二人はとても親しかった。屋敷も遠くないですし、幼い頃からの間柄です。実を申せば、父に茶を教えたのは安東どのとうかがっています。それがしも父とともに、安東どのの葬儀には参列させていただきました」

そうでしたか、と勘兵衛はいった。

「玄蕃どのは剣のほうはいかがでしたか」

「ただ腰に差しているだけでした。若い頃から素質はまるでなかった、と以前自嘲《じちょう》気味に話していたのを覚えています」

それにくらべ、知之介は修馬と同じ道場ではかなりの高弟だった。茶室で対決となれば、どちらに軍配があがるか自明のことだ。修馬は、なにもないときくべきことはすべてきいた、と勘兵衛は思い、修馬を見た。修馬は目で答えた。

「これでけっこうです。お疲れのところ、ありがとうございました」

勘兵衛たちは、二人が遺骸のほうへ歩き去るのを見届けた。それを待っていたかのように、麟蔵が勘兵衛たちを手招いた。

「おい勘兵衛、今朝、知之介を訪ねたのは何刻だ」

「六つ半（午前七時）前といったところです」

麟蔵が塀の向こうに目をやった。

「ここから安東屋敷はほんの二町ほどでしかない。勘兵衛、おまえいっていたな。知之介の顔に覚悟のような色があらわれていたと。それは人を殺してきたばかりの高ぶりだな」

「引っぱりますか」

修馬が勢いこんでいう。

「無理だ。証拠もなしにそんな真似はできぬ。しらばっくれられたら手も足もでん。まずは、やつが玄蕃殺しの下手人であるという証を見つけることだ」

三

紅葉山に来るのははじめてだった。

書院番の頃、将軍がここ紅葉山にある代々の将軍をまつっている御霊廟《ごれいびょう》参拝をすれば供として訪れる機会もあるはずだったが、勘兵衛が書院番として仕えているあいだ、なぜか御霊廟参拝の供につくことは一度もなかった。

御霊廟のうち最も奥にあるのは神君家康《いえやす》の東照宮《とうしょうぐう》だが、その東側に三つの書物蔵は建っている。

最初、書物蔵は本丸《ほんまる》内にあったのだが、貴重な書物が多数おさめられていることもあって、火災の延焼を怖れ、この場に移されたのだ。

書物蔵づきの小者に、知之介を呼びだしてもらう。少しときを、と小者がいうので、勘兵衛たちはやや離れた大木の下に行った。

今日は陽射しが秋とは思えないほど強く、じかに受けていると汗ばむほどだ。

「なかなかいいところだな。城内にこんなところがあったのだな」

修馬がまわりを見渡していう。

「火災がやってこぬところを選んで書物蔵を移したくらいだからな、まわりに緑が一杯なのもうなずけるだろう」

こうして木陰《こかげ》の下にいる限り、吹き抜ける風は確実に秋のものだ。汗が引いてゆく感触が心地よい。

「確かにこれだけ木々で覆われていれば、相当の火でない限り、やってくることはないだろうな」

「木ばかりじゃないぞ。道灌堀《どうかんぼり》、蓮池堀《はすいけぼり》、蛤堀《はまぐりぼり》などにも囲まれている」

そんなことを話しているうち、人影が近づいてくるのが見えた。

「おっ、来たぞ」

修馬がいい、勘兵衛たちは歩を進めた。

「今朝に続いて、なに用ですかな」

足をとめた知之介が冷ややかさを含んだ声でいう。

修馬がどうしてやってきたか、その理由を伝えた。

「ほう、高市玄蕃どのが切腹された。それはまた突然なことだ」

「驚かぬのですね」

「そんなことはない」

知之介はかすかに視線を落とした。

「いつ亡くなった」

「今朝、庭の茶室で」

「ほう、それはまた」

知之介が額に噴き出てきた汗をぬぐう。

「ちょっとそちらへ行かぬか。ここは暑すぎる」

知之介が手で示したのは、まんなかの書物蔵の左手だった。行ってみると、そこには腰かけが設けられており、書物蔵に日光がさえぎられて涼しい風が吹いていた。

「生き返るな」

腰かけた知之介が誰にいうでもなくいい、懐から取りだした手ぬぐいで顔を拭いた。

「で、なにをききたい」

面倒くさそうにいう。修馬が知之介の前に立った。

「玄蕃どのは自害ではありませぬ。そう見せかけられただけです」

「では、誰かに殺されたのだというのか」

目を光らせて修馬がにらみつけた。

「知之介どのではないですか。今朝、我らが屋敷を訪れる前に、殺してきたのではないですか」

「馬鹿をいうな」

修馬を見返して知之介が吐き捨てた。

「知之介どのは、玄蕃どのが毎朝茶を点てる習慣があるのを知っていた。まだ人けのない夜明け前、知之介どのは高市屋敷に忍びこみ、茶室にひそんだ」

「そして、やってきた玄蕃どのを殺し、立ち去った、か」

「そういうことでしょう。なに食わぬ顔で屋敷に戻ったところ、我らがやってきた。驚いた知之介どのはあわてて着替えをした」

「それは血がついている着物のままではおぬしらの前には出られぬから、か」

知之介は手にしていた手ぬぐいを気づいたように懐にしまい入れた。

「だが、どうして俺が玄蕃どのを殺さねばならぬ。理由は」

「それはこれから調べます」

「調べるか。ふん、おぬしらに本当に調べられるのか」

「調べてご覧に入れます」

修馬が知之介を見据えて宣した。

「そして、きっと知之介どのをとらえさせていただきます」

「おお、できるものならな」

勘兵衛は一歩踏みだした。

「知之介どの、一つよろしいですか。——どうして玄蕃どのを自害でないと一目見てわかるようにしたのです」

「なにをいっている」

「自害に見せかけるのであれば、もっとうまくやれたはずです。いずれ見抜かれるにしても、あんなに雑にすることはなかった。どうしてあのようなやり方をしたのです。なにか意図があるのですか」

「なにをいっているのかさっぱりわからぬ」

「知之介どのはかなりの遣い手ということですね。それに対し、玄蕃どのはまるっきりとのことでした。それだけの腕の差があれば、いくらなんでもあのやり方はそぐわない気がしてならぬのですよ」

勘兵衛はじっと見た。

知之介に動揺らしきものがあらわれることはなかった。

「もういいか」

ぶっきらぼうにいった。

「仕事に戻らねばならぬ」

「よろしいですよ」

修馬が驚いて勘兵衛を見る。

「いいのか」

「ああ。――どうぞ、お引き取りください。お手数をおかけしました」

知之介が背を向けた。勘兵衛は鋭く声を発した。

「父上の仇討ですか」

知之介は振り向いたが、眉をひそめてみせただけでなにもいわなかった。早足で書物蔵の角を曲がっていった。

「仇討か」

知之介が去ったほうを見つめていた修馬が息をつくようにいう。

「確かにその通りかもしれぬな。でもどうして玄蕃どのを……」

「安東知左衛門どの、高市玄蕃どの。この二人のあいだには、なにかあったのだろう。それを知之介どのは突きとめたんだ。修馬、俺たちも調べよう。そうすれば、なぜ知之介どのがあのような殺し方をしてみせたか、その謎も解けるはずだ」

四

いったん詰所に戻り、知之介のことを麟蔵に報告した。

「そうか、仇討か」

うなるように声を吐きだして、麟蔵が眼光鋭く勘兵衛たちを見た。

「よし勘兵衛、修馬。知之介を徹底して調べあげろ」

詰所をあとにした二人は廊下で立ちどまった。

「よし修馬、まず知左衛門どのの自害の裏になにがあったのか、こいつからだな」

「それをつかんだからこそ、知之介どのも玄蕃どのを討ったのだろうからな」

修馬が顎に手を当て、つぶやく。

「……やはり知左衛門どのははめられたのかな」

「俺もそれを考えていた。はめられ、自害に追いこまれた」

「どうしてかな」

「まずは、関係している者に当たらぬとならぬな」

廊下を歩き、まず訪れたのは作事奉行のところだった。呼びだしてもらったのは、作事方下奉行をつとめる二本柳与三郎だ。

勘兵衛たちは詰所脇の座敷に入れられた。

やがて勘兵衛たちの前に、与三郎はあらわれた。この男が知左衛門に茶碗の鑑定を持ちこんだことで、知左衛門は腹を切ったのだ。

「高市玄蕃どのが亡くなりもうした」

修馬がいきなり告げた。

「えっ……」

いわれた言葉の意味がわからないとでもいうように、ぽかんと口をあけている。

「殺されたのです」

「ええっ。どういうことです」

「どうやら安東知左衛門どのの死に関して、殺されたようですね」

「安東どのの……」

顔を伏せ、眉を寄せて考えている。

「あの、誰に殺されたのです」

「それはまだこれからです」

「どうして殺されたのです」

「それを調べに来ました」

修馬が底光りする瞳を与三郎に向けた。

「なぜ玄蕃どのが殺されたのか、二本柳どのはご存じではないのですか」

「いえ、知りませぬ」

大仰に手を振る。

「高市玄蕃どののことはよく存じているわけですね。どのような関係です」

「親戚です。それがしの父親と従兄弟《いとこ》同士ときいています」

「二本柳どのは、玄蕃どのとはかなり親しくしていたのですか」

「ええ、まあ……」

言葉を濁した。

「玄蕃どのとはどのようなつき合いをしていたのです。なにか恩を受けたことがあるのではありませぬか」

与三郎は、なぜそれを、というような顔になった。

「え、ええ、それがしは部屋住みだったのですが、玄蕃さまのお力添えで二本柳家に婿入りできたのです」

「では、玄蕃どのに頼まれたら、いやとはいえぬ関係ですね」

「……いえ、そこまではどうでしょうか。恩は恩ですが、頼まれたらなんでもするほどの間柄ではないですよ」

なんとか立ち直り、しらっという。

「わかりました。これでけっこうです。お忙しいところありがとうございました」

深刻そうな表情に戻った与三郎をその場に残し、二人は廊下を歩きだした。

「次に殺されるのは自分では、と思い当たった顔をしていたな」

修馬が溜飲《りゅういん》を下げたようにいう。

「あの男、明らかに高市玄蕃に依頼されて、知左衛門どののもとへ茶碗を持ちこんだな」

「ああ。となると、次もそうかな」

城外に出て、四ッ谷大通に向かう。

店はこの前と変わらぬたたずまいで、勘兵衛たちを迎えた。『今村』という看板が路上に出ているのも同じだ。

ごめんよ。修馬が暖簾を払う。

店主が大皿についた埃《ほこり》を布でていねいにぬぐっていた。

「ああ、いらっしゃいませ……」

武家と見て深く頭を下げたが、勘兵衛たちの身分を思いだしてか、語尾が小さなものになった。

店主が寄ってきた。

「あの、なにか……」

「覚えていてくれたようだな」

修馬が揶揄《やゆ》するような口調でいう。

「もちろんでございます」

「あるじ、話がある」

「わかりました。あの、立ち話もなんですので」

店主がいざなったのは、店の隅に申しわけ程度にある畳敷きの間だった。

そこにあがりこみ、勘兵衛と修馬は店主と向き合って座った。

「今、お茶をお持ちします」

「いや、けっこうだ」

修馬が、立ちあがりかけた店主に座るようにいった。店主は着物の裾を直して正座した。

「ききたいのは高市玄蕃どののことだ。存じているか」

一瞬、正直に答えるべきか躊躇らしきものが頰を横切っていった。

「ええ、はい」

「玄蕃どのは死んだぞ。殺されたんだ」

げえっ、と店主はうしろにのけぞった。

「殺されたとおっしゃいましたが、いったい誰に」

「むろん、玄蕃どのにうらみを抱いている者だろう。もしやすると、ほかにも殺される者が出てくるかもしれぬな」

脅しをかけておいてから、修馬が店主を見つめる。

「玄蕃どのとはどういう関係だ」

店主は顔を青ざめさせながらも、必死に言葉を口にした。

「お得意さまです。よく茶器や掛軸などをお買いあげいただいておりました」

「それだけの関係ではなかろう。正直に答えろ」

修馬が語気鋭くいい放つ。店主が顔をひきつらせた。

「いえ、あの、でも」

「もう一度いう。正直に答えろ」

店主は必死に歯を食いしばるようにしていたが、やがて口から気が抜けたような息を漏らした。

「は、はい、わかりました」

それでも、しばらく迷っているように見えた。

「……五年ほど前でしたか、手前はある高価な茶碗を購入したのです。戦国の頃から伝わるといわれる、幻の茶碗でした。それはもう見事な物でして、まさか生きているあいだに現物を目にできるとは思ってもいませんでしたから、全身が震えましたよ。そして、方々から借金してまで手に入れたのです。しかし、その後それが真っ赤な偽物であるのが判明いたしまして。手前はだまされたのです」

売り払うつもりが売れなくなり、一気に店は潰れるところまで追いこまれた。

「そこを救っていただいたのが、高市さまだったのです。それまでもこの店をよく訪れてくださり、いろいろお買いあげられていたのですが、手前の窮状を知ってお金を貸してくださったのです。そのおかげで店は潰れることなく、こうして生き残ることができました」

「いくら借りたんだ」

店主はわずかにためらった。

「八百五十両です」

「ほう、大金だな。それをぽんと貸してくれたのか。だが、なぜ玄蕃どのはそんなに親切にしてくれたんだ」

「それは、あの、これまで何度も高市さまが望まれた茶器や掛軸などをすばやく手に入れてお届けにあがっておりますし、どの店も捜しだせなかった物をお届けにあがったことも、一度や二度ではございません。それを上のお方に差しあげられ、面目を施されたこともあったようにうかがっております」

「なるほど、おぬしを失いたくはなかったか。しかし玄蕃どのはどうしてそんな大金を持っていたんだ。禄は確か――」

「八百石だ。納戸組頭だから、食禄として四百俵いただいているが」

「それでもそんな大金、右から左へ動かせるほど裕福ではないよな。――どう思う、あるじ」

「はあ、手前にはなんとも……」

「玄蕃どのはよく買っていたといったが、月にどのくらいだったんだ」

「そうですね、多いときで百両ほどでしょうか。ならせば七十両ほどでないかと」

「八百五十両を借り、しかも月にそれだけの商いがあったのか。おぬし、玄蕃どのには足を向けて寝られなかったわけだな。もしことを頼まれたら、断れなかったか」

店主は息をつめ、覚悟を決めた口調でいった。

「おっしゃる通りでございます」

その答えに満足した勘兵衛たちは今村をあとにした。

肩を並べつつ、修馬が目を向けてきた。

「あの男も玄蕃に頼まれて芝居をしたんだな。勘兵衛、玄蕃はなにかうしろ暗いことをしていたのだな」

「しかもかなり金になることだ。その秘密をつかまれたから知左衛門どのを罠にかけ、自害に追いこんだ。こういう筋書きだろうな」

二人が次に向かったのは、四ッ谷塩町だった。油問屋の岬屋である。

訪いを入れると、すぐに奥に招かれ、この前腰をおろした殿中を思わせる座敷に勘兵衛たちは腰を落ち着けた。

あるじの禄之助がすぐにやってきて、挨拶した。

「ようこそいらっしゃいました」

口調はていねいだが、表情にはいぶかしむような警戒の色がある。

「ききたいことは一つだ」

間を置くことなく修馬が口をひらく。

「おぬしと高市玄蕃どのの関係だ」

「高市さま……」

緑之助は考えこむような顔をした。

「知らぬか」

「いえ、存じております。関係と申しますと、茶が好きな者同士ということになります。生意気ないい方になりますが、茶室においては身分に差はないということになっておりますから」

「それは俺もきいたことがあるな。それだけの関係か」

「はあ、まあ」

「どんなことでも必ず暴き立てるといわれる徒目付を前に、まさかとぼけているわけではないよな。もしおぬしと玄蕃どののあいだにそれ以外のなにかがあったのがわかったら、我らはおぬしを引っ立てることになる」

いい捨てるや修馬が席を立とうとする。

「あ、お待ちください」

手を伸ばし、緑之助があわてて引きとめた。

「あの、高市さまがどうかされたのですか」

「死んだよ。殺された。今朝のことだ」

「まことでございますか」

禄之助は顔色をなくした。

「……誰に殺されたのです」

修馬は今村のあるじにいったのと同じ言葉を告げた。

「うらみ……次に殺される者……」

禄之助はうつむいた。

「あの、玄蕃さまと茶を通じて親しくさせていただいたのは本当ですが、それ以外にも一つだけございました」

油問屋として確固たる地位はすでに築いていたのだが、禄之助としては城に品物をおさめる御用商人になりたかった。

「その橋渡しをしてくださったのが、高市さまでした。賄頭《まかないがしら》であるお方をご紹介くださいまして。お城に品物を入れるようになってから、この店の売上もさらに伸びました。すべては高市さまのおかげでございます」

「するとおぬし、もし高市玄蕃どのから頼みごとをされたら、断れなかっただろうな」

禄之助が目をみはった。どう答えようか迷っているように見えた。体からがっくりと力を抜き、うなだれる。

「おい、禄之助。本当に茶碗は割ってしまったのか」

びっくりしたように顔をあげた。

「いえ、あの……」

「もうとぼける必要はないぞ。割っておらんのだろう」

「は、はい。いえ、手前、手にしてもおりません……」

「なんだ、そうだったのか」

修馬が深くうなずいた。立ちあがり、禄之助を見おろす。

「また話をききに来るかもしれぬ。そのときはよろしくな」


「なるほど、そういうことだったか」

麟蔵が鋭い瞳で、目の前に正座する勘兵衛たちを交互に見る。

「そこまで追いつめれば、誇り高い安東知左衛門がまちがいなく自害することを玄蕃は知っていたのだな。二人ともよく調べあげた。いい働きだ」

麟蔵にたたえられ、勘兵衛は面はゆいような気持ちになった。

「しかし、それだけではまだおさまらぬな。玄蕃には、どうしても知左衛門を除かねばならぬ事情があったのだ。——それはいったいなんなのか」

五

「玄蕃が知左衛門どのを除かねばならぬ事情――それを知之介どのは知ったのだよな」

修馬が思慮深い目をしていう。

「そういうことだな」

しかし知之介を詰問したところで、どうせしらばっくれるのは見えている。

「まずは知之介どのの周辺をかためていかなければならぬな」

詰所の外に出て、修馬がいった。

「そうだな。知之介どのが親しくしている者から話をきいてみるか。修馬、心当たりはないか」

「ああ、同じ道場の先輩が今も知之介どのと親しいつき合いをしている、ときいている」

当主は使番《つかいばん》をしているとのことで、勘兵衛たちはさっそく詰所に行った。だが目当ての人物は非番だった。

二人は城を出て、番町へ向かった。

やがて道は番町に入り、目当ての屋敷に近づいてきた。

　右手の道から出てきた侍に勘兵衛は目をとめた。

「あれ、叔父上ではないですか」

「おう勘兵衛、久しいな」

　勘兵衛の母の実弟である樋口権太夫《ひぐちごんだゆう》が喜色をあらわに近寄ってきた。うしろに供らしい者を一人だけ連れている。気楽な着流し姿だ。

「非番ですか」

　権太夫は新番衆の一人だ。

「うん、そうだ。屋敷にいてもうるさいからな、出てきたんだ」

「うるさいって叔母上が、ですか。まさか叔父上、またなにかたくらんでいるのではないですか」

「馬鹿をいうな。二度と妾《めかけ》など入れぬわ。うるさいのは子供がまとわりついてくるからだ。せっかくの休みなのに休まらぬ」

　権太夫が修馬に目を向けた。

「ご同僚か」

　勘兵衛が紹介すると、二人は頭を下げ合った。

「しかし勘兵衛、おぬし、本当に御徒目付になってしまったのだな」

「なってしまった、ですか。叔父上は賛成ではなかったでしたか」

「そんなことはないが、これまで通りのつき合いはできにくくなるんだろう。遊びに来いといっても、親しいつき合いは禁じられているから、それも無理なんだろう」

勘兵衛は黙ってうなずいた。

「佳代《かよ》もおまえの顔を見られぬとなると、寂しがろう。——ああ、佳代というのはそれがしの妻だ」

権太夫が修馬に説明する。

「勘兵衛、仕事中みたいだな。まさか、この前みたいにわしの屋敷に来るのではなかろうな」

確かにこの前、そういうことがあった。勘兵衛は麟蔵とともに目の前の叔父を詰問する羽目になったのだ。

「それはありませぬ。安心してください。では叔父上」

これで失礼いたします、と勘兵衛はいった。おう、と権太夫は返してきた。

「まあ、がんばれ。わしと佳代はいつでもおまえの味方だからな」

権太夫が供をうながして歩き去ってゆく。勘兵衛は見送ってから、歩きだした。

「いいお方だな」

「とてもな」

「ずいぶん悲しそうな顔だな。遊びに行けぬのがそんなに寂しいのか」

「ああ、子供の頃から入り浸っていたからな。もしかしたら隠居するまで遊びに行けぬ、と考えるとつらいものがある」

しばらく無言で歩を進めた。

「ここだ」

修馬が一軒の屋敷の前で足をとめた。

訪いを入れると、すぐに招き入れられ、玄関右手の座敷に導かれた。

屋敷の主はすぐに姿を見せた。

「おう修馬、久しぶりだな」

襖をあけてなかに入り、どかりとあぐらをかきかけたが、正座し直した。

「ああ、御徒目付どのだったな。もう無礼なものいいもできぬな」

「いえ、これまでと同じでけっこうです」

「といわれても、そういうわけにはやはりいかん。こちらはご同僚か」

勘兵衛は名乗った。

「萩原《はぎわら》兵助《へいすけ》と申す。それにしても久岡どのか。きいた覚えがあるな……」

「頭の評判ではないですか。この男、見世物にできそうな巨大さですから」

兵助はちらりと目をやっただけだった。

「御徒目付になっても、口の悪さは健在だな。ところで今日はどうした」

修馬が居ずまいを正す。

「安東知之介どののことで、まいりました」

「知之介だと。知之介がどうかしたのか」

「知之介どのの父上が亡くなったのはご存じでしょうが、その件に関すること、とだけ申しあげておきます」

「お父上の死か。わしも葬儀には参列させてもらったが」

いぶかしげな眼差しを修馬にぶつける。

「なにをききたい」

「知之介どののここ最近の行動です。お会いになりましたか」

「いや、だいぶ会っておらぬな。ああ、そういえば、玉木《たまき》どのがばったり会ったとかいっていたが」

「いつのことです」

「つい最近らしいぞ。なにか思いつめた顔をしていたといっていた」

玉木というのは一右衛門《いちえもん》といい、やはり修馬の道場の先輩だった。

兵助と同じ使番で、今日は非番とのことだ。さっそく屋敷に行き、一右衛門に会った。

「ああ、そのことか。あれは麴町四丁目横町通だった。わしは帰城するところで、あいつはどこかを訪ねる様子に見えた」

「訪ね先がどこかをいいましたか」

「いや、少し立ち話をしただけだ。なにか思いつめた感じにも見えて、振り返ったら、あいつは裏二番町《うらにばんちょう》の道を右に折れたところだった」

「思いつめた感じですか。知之介どのとどんなことを話したのです」

「父上の悔やみとか葬儀に出てくれた感謝の言葉とか、そんな類のことだ」

「思いつめた顔についてては話をしなかったのですか」

「顔色がすぐれぬようだが、とはきいたが、やつは答えなかった」

いぶかしげな顔になり、一右衛門が声をひそめる。

「やつはなにかしでかしたのか」

「いえ、なにも申せませぬ。それから、それがしどもが訪ねてきたことは、知之介どのには内密にしてください」

「やはりなにかやらかしたのだな」

一右衛門が考えこんだのは一瞬にすぎなかった。

「今朝、御納戸頭の高市玄蕃どのが他界されたときいたが、そのことと関係あるのではないか。知左衛門どのと同じく、茶室で腹を召されていたときいたぞ」

このあたりの頭のめぐりのはやさは、さすがに使番というべきだった。

使番にはもともと頭が切れ、能弁な男が選ばれる。秀美な風采《ふうさい》の者がほとんどで、勘兵衛のような頭を持つ男が選抜されることはまずない。

「とりあえず、裏二番町だな」

道に出て、修馬がいった。

「そうだな。そこに知之介どのが訪ねていった人がいるのはまちがいなかろう」

「しかしどういう人かな。どうして知之介どのは訪ねていったのか」

「知之介どのは父上の死の謎を調べていたんだよな。すると、やはり知左衛門どのと親しかった人か、茶のつき合いがあった人ではないのか」

「さすがに鋭いな、勘兵衛。では裏二番町に行き、そういう人を捜しだせばいいな。しかも、麴町四丁目横町通から東を当たればすむことだ」

「修馬の屋敷の近くではないか」

「俺もそんな気がしている」

さっそく二人は赴き、辻番所の者に話をきいた。

辻番所の者はさすがに町のことに関しては詳しく、あっけないほど簡単に知之介が訪問した屋敷は見つかった。

旗本で、雨宮《あめみや》雄一郎《ゆういちろう》といった。出仕中かと思ったが、非番で屋敷にいてくれた。話をきくと、茶が趣味で、知左衛門とも親しいつき合いがあったとのことだ。

「むろん、葬儀には参列させていただきましたよ」

温厚そうな男で、頭の七割ほどが白髪になっている。顔に刻まれたしわも品がある感じで、いかにもうまい茶を点てそうに勘兵衛には見えた。

だされた茶を飲み、置きかけた湯飲みを修馬がじろじろ見た。

「これもいいものなんですか」

「申しわけないが、それはさほどのものでは」

そうですか、と修馬が湯飲みを置いた。

「ところで、つい先日、安東知之介どのが訪ねてきたはずですが」

「ええ、いらっしゃいましたよ」

「どんな用件でした」

「ある茶碗のことについてきかれましたよ。父上の知左衛門どのが鑑定されたかどうかです」

「今、その茶碗をお持ちですか」

「いえ、お恥ずかしい話ですが、もう手放してしまいました。ちょっと入り用があったものですから」

「どんな茶碗だったのです」

「うちの蔵にあった物で、まあまあという出来の備前焼《びぜんやき》の茶碗ですよ」

「いつ手放したのです」

「一年ほど前です」

「手放すにあたり、どの程度の値がつくか、知左衛門どのに鑑定してもらったということですか」

「そうです。知左衛門どのの目利きでは三十両でした。それで実際にいくつかの骨董商と質屋に持っていったところ、どこも三十両前後の値をいってきましたから、それがしも驚きましたよ。そのなかで最もいい値をつけた質屋に入れました」

「知左衛門どのの鑑定眼はすばらしかったのですね」

「それはもう。当代一というのはいいすぎかもしれぬですが、それに近いものがあったのでは、と思います。ですから、知左衛門どのが五十両の値をつけた茶碗が実は二百両だったという噂は、それがしにはとても信ずることはできませぬ。あのようなつまらぬ噂で実に惜しい人を亡くしたものです」

言葉をつむいでいるうちに感情が激してきたようで、雄一郎は唇を震わせ、口からは泡を飛ばしそうになっていた。

「ああ、そうだ。そのあと、あれは今から一月ばかり前でしたか、知左衛門どのがあの茶碗はまちがいなく質屋に入れたのか、確かめに見えましたよ。そのことは知之介どのにも話しましたけどね」

雄一郎に礼を述べて雨宮屋敷を出、道をさらに南にくだって麴町に向かっているとききく出ている。

「やはり知左衛門どのの鑑定にまちがいはなかったのが裏づけられたな」

修馬がいった。

「その通りだな。あとは雨宮どのが質入れした茶碗をどうして知左衛門どのが気にしたのか、それを確かめることができれば、というところかな」

二人は、麹町三丁目にある質屋の前に立った。頭上に『伊太屋《いたや》』と記された看板が大きく出ている。

暖簾を払い、入口を入った。いきなりがっちりとした格子にぶつかった。入口から格子までは半間《はんげん》（約九〇センチ）ほどの土間があるにすぎず、店内はせまかった。

「いらっしゃいませ」

格子のなかにいる初老の男が上目づかいに勘兵衛たちを見ている。

その瞳に好奇の色は浮かんでいない。むしろ、また武家かといった無関心さがほの見える。暮らしに窮した武家が敷居をまたぐなど、珍しくもないのだろう。

「なにか」

声に深い響きがあるが、これには質屋にやってきたという気恥ずかしさや気おくれを客から取り去る効果があるにちがいない。

修馬が身分を明かし、用件を述べた。徒目付というのをきいても、店主の態度に変わりはなかった。

「はい、覚えておりますよ。雨宮さまは結局、流されてしまいましたが」

「今あるか」

「いえ、もうだいぶ前、そうですね、八ヶ月ほど前でしたか、お武家がお買いあげになりました」

「顔見知りか」

「二、三度お見えになりましたからお顔は存じておりますが、お名までは」

その武家の顔形、歳の頃、背丈、身なり、といったところをきいて勘兵衛たちは伊太屋を出た。

「切れちまったな」

苦々しげに修馬がつぶやく。

「そうでもないさ」

勘兵衛は明るくいった。

「まだ当たるところはあるではないか」

修馬はわずかに考えただけだった。

「ああ、知左衛門どのが親しくされていた人たちだな」

それを勘兵衛たちは雨宮屋敷を去る前に、雄一郎からききだしていたのだ。

「ほんの八人だ。すべて当たれば、きっとなにかつかめるさ」

「なんだ勘兵衛、だいぶのんきなことを口にするようになってきたな」

「きっと誰かさんに似てきたのさ」

ふっ、と息をつくように勘兵衛は小さく笑った。

六

番町にある五軒をまず当たった。いずれも隠居で屋敷にいたが、雨宮家の三十両の茶碗について知っている者はいなかった。

知左衛門とは親しい行き来をしている者ばかりで、死ぬ一月ほど前までは誰もが会っていた。噂が出てからは、なかなか会うのもかなわなかったという。

雨宮雄一郎のように知之介の来訪を受けている者は、一人もいなかった。

勘兵衛たちは番町をお堀沿いに歩いた。さすがに日は大きく傾いて、日の光は橙色《だいだいいろ》に近いものになっている。

「勘兵衛、腹が空かぬか」

修馬は腹を押さえている。

「すごく減っている。考えたら、昼飯も食わずに働いていたからな」

勘兵衛たちは今、神田川にかかる和泉橋《いずみばし》を渡ったところだ。

「神田なら、うまい店はいくらでもあるだろう。修馬、いい店を知らぬか」

「あるにはあるが、俺はなんでもいいから腹を満たしたい」

手近の蕎麦《そば》屋に入った。盛りを二つずつ頼み、手ばやく腹にしまい入れた。

「なかなかうまかったな」

修馬が満足げにいう。

「うん、いい味だった」

その後、二人は下谷《したや》の三味線堀《しゃみせんぼり》二丁目にやってきた。

「おい勘兵衛、三味線堀っていうのはどこにあるんだ」

「さあ。俺もこのあたりははじめてだ」

「三味線堀近くの御家人たちは、金魚を育てて売るという、かなりうまみのある内職ができるらしいぞ」

「用心棒のように命の危険がないのがいいな。三味線堀の名の由来は知っているのか」

「形が三味線に似ているという話はきいたことがあるな」

「なんだ、それだけか」

「それだけだ。そんなことより、田所《たどころ》家だな。佐竹《さたけ》屋敷の近くということだが、肝心のその佐竹屋敷がわからぬな」

勘兵衛は道行く町人にきいた。町人はていねいに教えてくれ、あと三町ほどまで近づいていることがわかった。

出羽久保田《でわくぼた》で二十万五千石を領する佐竹屋敷の西側に、目当ての田所屋敷はあった。このあたりは御家人や小禄の旗本、そして大身の旗本の屋敷が入りまじっており、そのなかで田所家はまず大身の部類に入るものと思われた。

門前に立ち、訪いを入れる前に修馬が勘兵衛をまじまじと見た。

「しかし勘兵衛、おぬし生き生きしているよな。お頭に引っぱってもらって、よほどよかったみたいだな」

勘兵衛もそれは自覚している。書院番のときはつとめがきつくてならなかったが、今、そんなことは一切ない。こうして体を動かせるのが楽しくてならない。

田所家の隠居である吉右衛門《きちえもん》から、勘兵衛たちは一つの大きな手がかりを得ることができた。つい先日、安東知之介がやってきて、吉右衛門から話をきいたのがわかったのだ。

知之介は、吉右衛門からくだされ物として上からいただいた茶碗を見せてもらってい た。

「その茶碗を、我らにも見せていただけませぬか」

修馬が申し出ると、吉右衛門は少々お待ちください、と気軽にいって廊下へ出ていった。その足取りはむしろ嬉々としており、数寄者にとって茶碗を見てもらうのは、無上の喜びであるのが知れた。

吉右衛門はすぐに戻ってきて、ていねいに帛紗《ふくさ》から茶碗をだした。

「こちらですか」

吉右衛門は手のひらにのせた茶碗をいとおしむようになでさすった。

「二の丸留守居役をつとめておったのだが、隠居する際、上の者からいただいたものですよ。跡はせがれが継いでおります」

「それがしには茶碗はよくわかりませぬが、いい物であるのははっきりしていますね」

修馬が抜け目なくいう。

「手に取ってご覧ください」

修馬はいわれた通りにした。

「無粋を申しますが、もし値をつけるとしたらどのくらいになりましょう」

「そうですね。三十両はまちがいなくしますよ」

「三十両ですか」

勘兵衛と修馬は顔を見合わせた。

茶碗を吉右衛門に返して、修馬が背筋を伸ばす。

「訪ねてきた知之介どのはなにをきいていったのです」

「この茶碗のことです。知之介どののお父上の知左衛門どのに、わしもいくらくらいするものかどうしても知りたくて、目利きを依頼したことがあったのですよ。そのことをきいてゆきましたな」

「三十両というのは知左衛門どのがつけた値ですね」

「さようです。あのお方の目に狂いはありませんよ。ですから――」

吉右衛門は雨宮雄一郎と同じように噂のことに言及し、まったくくだらぬ噂ですよ、と吐き捨てた。

「しかしこの茶碗を見て、知左衛門どのは驚かれてましたなあ。どういうことかわしもきいたのですが、答えてくれなかった」

「知左衛門どのに目利きを依頼したのはいつのことです」

「つい一月ほど前です」

そこまできいて勘兵衛たちは田所屋敷を辞した。

道に出ると、夕闇がすっかりおりてきていた。風もだいぶ冷たくなっている。

闇が完全に江戸の町を包むにはまだ少し間がありそうだが、提灯もなしに道を行くのはいずれつらくなりそうだ。

「勘兵衛、どうして知左衛門どのは驚いたのだと思う」

修馬を見やって勘兵衛は笑った。

「もうわかっているのだろうが」

ああ、と修馬が答えた。

「どう考えても、質屋に入れられたはずの茶碗がくだされ物として目の前にあらわれて、としか考えられぬな」

「おい修馬。落とすなよ」

「まかしておけ」

修馬は大事そうに風呂敷包みを胸で抱えている。それには、吉右衛門から借りてきた茶碗が入っている。

その足で勘兵衛たちは雨宮雄一郎のもとへ行き、茶碗を見てもらった。

一年ぶりに目の前にあらわれた茶碗を目にして、雄一郎は心の底から驚いていた。

「それにしても、よく手に入りましたね。どちらにあったのです」

七

茶碗のことを麟蔵に報告した勘兵衛たちは、どうして上からのくだされ物が質屋の流れ品だったのか、調べはじめた。

これは、ふつうなら考えられないことだ。くだされ物は納戸役が選び抜いた最上の物が与えられ、質屋からの品が選ばれるなどあり得ない。

もっとも、もはやたいした調べは必要なかった。納戸役たちの収賄《しゅうわい》がすぐさま判明したのだ。納戸役たちは質に入れられた物のなかでいい物だけを選び、それらをくだされ物としていた。質屋のなかには、納戸役と結託していたところもあった。

納戸役たちは、正規に品物を買った場合との差額を着服していたのである。くだされ物としてあらわれた茶碗を目の当たりにし、どういうことが行われたのかからくりを理解した安東知左衛門は古くからの友人で深く信頼していた高市玄蕃のもとに行き、このようなことが行われているらしい、調べてみてくれ、といったという。

収賄の中心にいた玄蕃は狼狽《ろうばい》するしかなく、この話を誰かにしたか、をまずただした。知左衛門は否、と答えた。

このとき、どうすれば知左衛門をこの世から除くことができるか、そのことだけが玄蕃の頭に居座った。

真っ先に考えたのは殺害だったが、隠居とはいえ旗本を亡き者にすれば徒目付たちの探索が執拗《しつよう》になるのは避けようがない。

それで、玄蕃は知左衛門を罠にかけることを思いついたのだ。

知左衛門に茶碗の鑑定を依頼した二本柳与三郎と、玄蕃の下役だった納戸役の五人が斬首《ざんしゅ》、また、玄蕃に荷担していた質屋の三人のあるじが打ち首に処せられることに決まった。今村の店主と岬屋の禄之助は玄蕃にいわれるままことの次第もわからずに加わったことが明らかになり、罪一等を減じられて遠島になった。ほかにも六名の者が遠島とされた。

そのようなことがつらつらと麟蔵の口から吐きだされた。

「これでとりあえずは一件落着だ」

麟蔵は詰所にそろった配下全員を眺めまわしたあと、再び口をひらいた。

「安東知之介は自首してきた。高市玄蕃殺しは父の仇討ということで、情状酌量された。斬罪はまぬがれ、遠島に決定となった」

勘兵衛はほっとした。知之介の自首はもちろん知っていた。なんといっても、修馬のもとにやってきたのだから。

勘兵衛が気をもんでいたのは、その後の仕置だった。斬罪はともかく、まさか切腹になりはしないかと思っていたのだ。

遠島は死ぬよりもつらいと耳にするが、それでも赦免《しゃめん》となって生きて江戸に帰ってきた者はいくらでもいるときく。是非、知之介にもそうなってもらいたかった。

「その安東知之介だが、高市玄蕃を殺す前、自らが知り得た事実を話そうと、実際にここ近くまで来ている。だが、我らの顔を目にし、父親が自害した際のことを思いだしたとのことだ。徒目付衆は結局なにも探りだせなかったではないか。それで、思いとどまったとのことだ」

　麟蔵が配下たちに厳しい眼差しを放った。

「安東知之介が、高市玄蕃を一見して殺されたとわかるやり方で自害に見せかけたのは、こういう形を取ればいくら徒目付衆でも動きだし、きっと真相を暴くだろう、との思いがあったからだ」

　苦い顔で麟蔵が言葉を切った。名指しせず、直視することもなかったが、麟蔵の思いが誰に向けられているかは自明だった。

　勘兵衛は自らの無力を恥じざるを得なかった。

　隣の修馬は目をつむり、膝に置いた拳《こぶし》をかたく握り締めている。

「安東知之介が高市玄蕃の陰謀を知ったのは、父知左衛門どのが遺《のこ》した日記からだ。日々のことを気楽に記したふつうのものだが、死の一月前、雨宮雄一郎のもとを訪れてから自分がどういう行動をしたのか、そしてなにがあったのか、克明に書かれていた」

　麟蔵の話が終わってすぐ、勘兵衛と修馬はそろって頭の前に行った。

「なんだ、どうした」

　麟蔵が目をあげる。

「二人とも神妙な顔をしているではないか」

「申しわけありませんでした」

修馬がいい、勘兵衛も続いた。

「なんだ、なにを謝る。知之介が詰所近くまで来たときのことか。あれは、おまえたちのせいなどではないぞ」

勘兵衛たちは顔を起こした。

「知左衛門どのが自害したとき、探索を切りあげさせたのはこの俺だ。真相を話しに来た知之介が思いとどまったのも、だからこの俺に責任があるのさ。あのとき、もしおまえたちに探索を続けさせていたら、玄蕃殺しを防げていたかどうか、それはもちろんわからぬが……」

麟蔵は勘兵衛たちを見つめた。

「すべては俺のしくじりだ。おまえたちが気に病むことなどない」

麟蔵はあたたかな目をしたが、一転、悔しげに唇を嚙み締めた。

「しかし玄蕃の策にのってしまったのがわかったとき、俺は夜も眠れぬほどだった……」

八

佐々木隆右衛門は詰所で黙然と腕を組み、この前の夜のことを考えていた。

あのときやつを殺れただろうか。

殺れなかったことはないだろう。むろん確信はない。やつがすばらしい遣い手であるのは疑えないのだ。

この二年、やつの幸せそうな顔をずっと見てきた。あの屈託のない笑顔。それが沼底にたまる泥のように、怒りをどす黒いものにしてきた。

やつのせいで里香は逝った。あれだけ大事に育ててきた娘を奪われた。どうしても許すことができない。

日がたつにつれ、その思いは増してゆく。

やつを殺したところで里香は喜ぶまい。それはよくわかっている。自分を満足させるものでしかないことも知っているが、殺さずにはどうしてもおけない。

娘の笑顔。長じてからも赤子の頃とあまり変わらなかった。

右眉の傷跡は、六つのときにできたものだ。縁側に立ち、庭を飛びかう赤とんぼに飛びつこうとして、沓脱石で思いきり顔を打ったのだ。

怪我《けが》としてはあれが一番大きいものだったかもしれないが、小さな怪我は本当にたくさんした。それが子供なのだろうが、さんざんに振りまわされたものだ。

病気にもしょっちゅうかかっていた。風邪をひけば高熱が常に出て、妻と一晩中、看護したものだ。

あるときどうしても熱が引かず、これは風邪ではないのでは、と思い当たり、胸に抱いて夜の町を疾駆したことがある。

あのときは評判の町医者の元に走ったのだ。だがとうに寝ていて、なかなか起きてくれなかった。それでも必死に戸を叩き続けていたら、ようやく戸がひらいたのだ。

医者はすぐさま診てくれた。てきぱきと動き、投薬を施してくれるさまには目を奪われた。

「あと半刻（約一時間）おそかったら、危なかったかもしれませんよ」

翌々日、娘は起きあがれるようになり、その三日後にはふつうに生活できるようになった。

妻と一緒に娘を連れ、医者に礼にも行った。酒好きときいていたから、手土産には上等の酒を持っていった。

医者は娘の本復よりそちらのほうを喜んだ。その医者とは家族ぐるみのつき合いにまで至ったが、残念ながら五年前にこの世を去った。

里香は妹とも仲よくし、よく面倒も見てくれた。

あれは何年前だったか、下の娘がどこかの男の子にいじめられたことがあった。親が口をだすことではないとこちらは黙っていたが、里香は黙っていなかった。

その男の子が遊んでいた原っぱに乗りこみ、打擲《ちようちやく》したのだ。そのおかげで、こちらがその男の子の親に謝らなければならない羽目になった。

里香は謝りに行ったことが不満でならなかったようだ。悪いことをしたのは向こう、という気持ちはわかるが、相手が悪すぎた。

無役といえども五千石の大身。寄合衆《よりあいしゅう》のなかでもかなりの力を持っていた人だった。そのことを説明すると、さすがに武家の娘だけあってわかってはくれた。しかし、やはり納得はしていなかったようだ。

そのあたりの頑固さはいったい誰に似たのか。

妻にいわせれば、このわしということだが、本当にそうなのだろうか。となれば、娘を死に追いやったのは、この体に流れている血にほかならぬということにならないか。

「お頭」

誰かが呼んでいる。

「お頭」

今自分がどこにいるか気づき、隆右衛門ははっと目をひらいた。目の前に配下がかしこまっている。

「どうした」

「あの、下城の時刻がまいりました。帰ってもよろしいでしょうか」

「むろんだ。ご苦労であった」

挨拶を終えた配下たちが次々に詰所を出てゆく。

詰所は隆右衛門一人になったが、すぐに夕番の組の者が五名、入れちがうように入ってきた。

「ご苦労だな」

隆右衛門が声をかけると、夕番の者は恐縮して頭を下げた。

引き継ぎを終え、隆右衛門は外桜田門を出て、供の者たちとともに道を歩きはじめた。

「専《せん》之《の》助《すけ》、里香のことを覚えているか」

隆右衛門は、供のなかでも最も古い者に声をかけた。

「もちろんでございます。とてもお美しく、おやさしいお人でございました。手前のような者にもよくお気をかけてくださいまして」

「娘はおぬしのことを気に入って、よく供として連れていたよな」

「はい、まことにありがたいことでした」

「全《ぜん》林《りん》寺《じ》のことを覚えているか」

専之助は申しわけなさそうに体を縮めた。

「はい、覚えております。急に夕立に降られまして、山門に雨宿りをいたしました」

「そのとき里香は、石段で足を滑らせたのだよな」

「はい、申しわけございません。手前の腕にとまった蚊をはたこうとなされ、それで足を滑らされて下に落ちそうに」

「それを受けとめてくれたのが、当時古谷《ふるや》勘兵衛と名乗っていた男なのだよな」

「その通りでございます」

「まちがいないか」

何度もきいているからまちがえようがないのはわかっていたが、隆右衛門はあえてたずねた。

「はい、手前も何度かお見かけして存じておりましたし、あの大きなおつむは見まちがえようがございませぬ」

「もしそのまま落ちていたら、里香はどうなっていたかな。死んでしまったかな」

「いえ、まさかそのようなことにはならなかったものと。お怪我はもちろんされたでしょうが、それまでされたなかでそんなに重い怪我とはいえなかったものと……」

専之助が不思議そうに見あげる。

「しかし殿、どうしてそのようなことを」

隆右衛門は寂しげな笑みを見せた。

「いや、気にせんでいい。なぜかここ最近、里香のことばかり思いだしてしまうのだ」

九

すべての処理を終え、勘兵衛と修馬は帰途についた。

すでに夜が江戸の町すべてにがっちりと縛《いまし》めをかけている。深い闇のなか、ときは身動きができないようにすっかりかたまってしまっていた。

二人が持つ提灯だけが行く手を照らし、ほんのそこだけに小さな明るさをもたらしている。空は真っ黒で、厚い雲がたたまれた夜具のように重なり合っている。星も月も見えず、今にも雨が降りだしそうに見えるが、大気は乾いており、雨の匂いは感じられない。

「しかし勘兵衛、知之介どのにはやられたな……」

修馬が空を見あげていう。

「お頭はご自分のせいといわれたが、やはり俺のせいだよな」

「修馬だけではない。俺にも責任がある」

「ふむ、確かにそうかもしれぬ。同じ新入りといっても、勘兵衛はお頭との探索の経験があるしな。ふむ、勘兵衛のほうに、より責任があるかもしれぬな」

「修馬のことを思っていってやったのに、きさまという男は……」

「怒るな。冗談だ。しかし、俺たちもはやく徒目付らしくなりたいものだな。いつまでもひよっこでは仕方がない。お頭だって我らに目をかけてくださっているから、いろいろお命じになるのだろうし。その期待に応《こた》える働きができるようにならなければ男ではない」

「ずいぶん殊勝なことをいうな。それではもう、やくざ者の出入りや金貸しの用心棒に駆りだされることはないな」

うーむ、と修馬がうなる。

「それはどうかな。また頼むことがあるかもしれんぞ。——そんな渋い顔をするな。だって、元造一家に対抗する連中が新たな手練を雇うかもしれぬし。そのとき勘兵衛の腕が必要となる」

「新たな手練か。悪くないな」

「だろう。俺は常に勘兵衛を喜ばしてやりたいと思っているんだ」

修馬がつと手をあげた。

「じゃあ勘兵衛、これでな」

道は麴町三丁目に来ていた。

「ああ、ご苦労だった。まあ、ゆっくり休んでくれ」

「なんだ、ずいぶんえらそうだな」

修馬がふっと笑みを漏らす。

「……では明日な」

ああまた明日、と返して勘兵衛は歩きだした。

屋敷まであと一町というところまでやってきた。屋敷に最も近い辻番所を通りすぎようとして、なかから辻番の男があわてたように出てきた。

「ああ、ご無事だったのですか」

安堵と意外さが入りまじった声をかけてくる。

「どういうことかな」

「いえ、なんでも重い怪我をされて、岳斎《がくさい》先生のところに運びこまれたというお話でしたから。ご家族も先生のところに向かわれましたよ」

岳斎というのは、市ケ谷《いちがや》に住む町医者だ。腕がいいこともあり、勘兵衛たちはよく世話になっている。

「なに。いつのことだ」

「ほんの四半刻ばかり前ですが。まあ、ご無事ならなによりでした。なにかのまちがいだったんですね」

やつだ、と勘兵衛は直感した。目の前に立つ辻番を弾き飛ばしかねない勢いで走りだす。

一町ほど走ったところで足をとめた。右手の武家屋敷の門から、ふらりと前途をさえぎるように一つの影があらわれた。

「あわてているようだが、どうかしたのか」

「きさま」

勘兵衛は刀に手をかけた。

「家族をどうした」

「なにもしてないぜ」

和田竜之進は頰に笑みを浮かべ、平然といった。

「指一本触れておらぬ」

勘兵衛には、ついに家族を巻きこんでしまったというどうしようもない焦燥感がある。

「どこにいる」

竜之進の体に突き立ってもおかしくないほどの鋭い声を発した。

「まったくおっかねえ顔だな。そのでかい頭がまるでのしかかってくるように見えるぜ。——岳斎先生のところだろ。泡食って走ってゆくのを見たぜ。一緒に張り番どももついていったが」

勘兵衛は深く息を吸った。こいつをとらえ、家族の居場所を吐かせる。それしかない。

その思いを読んだかのように竜之進が体をひるがえした。そのまま闇のなかへ突っこんでゆく。

待てっ。勘兵衛は追った。

足のおそさが呪わしかった。竜之進の背中がどんどん遠ざかってゆく。

しかし、ここで追うのをやめるわけにはいかない。

竜之進が角を左へ曲がるのが見えた。勘兵衛は必死に足を運んだ。

胸が苦しい。喉が焼け、息をするたびに熱が通りすぎてゆく。

また竜之進が左へ道を取った。

竜之進との差は縮まらないが、広がりもしない。やつも疲れたのか。

いや、ちがう。やつは誘おうとしているのではないか。

勘兵衛はふと気づいた。このまま行けば、屋敷に着く。半町ほど先に背中が見えている竜之進は、まっすぐ久岡屋敷へ向かっているように見える。

なんのつもりだ。勘兵衛はいぶかしみつつも重い足を引きずるようにして駆け続けた。

竜之進が走りをとめた。勘兵衛がついてきているのを確かめるような目をしたあと、屋敷の門をひょいとくぐっていった。

思うように動いてくれない足を叱咤《しった》するように動かし、勘兵衛はようやく屋敷前にたどりついた。

門は閉まっている。くぐり戸も同様だ。

太い息を荒く吐きながら、勘兵衛は屋敷内の気配を嗅いだ。

しばらくたって、息がととのったのを確かめてからくぐり戸を押した。

戸は力なく向こう側にひらいていった。左手で刀を掲げるように持ち、なかに入る。

やつはどこにいるのか。勘兵衛は油断なく目を光らせた。

玄関には明かりが灯されている。そこに人けはなく、ひっそりとした静寂だけがその場を占めている。

どこからか人のうめき声がきこえた。はっとして耳を澄ます。

家族の誰かか。勘兵衛の胸は痛み、さらに吐き気がしてきた。

左手だ。そちらのほうには、低い塀をへだてて奉公人たちの住まう長屋が建っている。

勘兵衛は塀を乗り越えた。

奉公人たちの長屋の前は広いが、いつでも畑に変えられるようにむきだしの土のみで、目をなごませる緑はほとんど植えられていない。奥の一角はすでに小さな畑になっており、生垣で囲まれたそこにはとうもろこしがたくさん植えられている。だいぶ伸びていた。

声がきこえたのはこのあたりのはずだったが。

勘兵衛は注意深くあたりに目を配った。

またきこえた。

勘兵衛は用心しながら近づき、とうもろこし畑をのぞきこんだ。

驚いた。十名近い奉公人たちが縛めと猿ぐつわをされて横たわっていたのだ。ほとんどの者が気を失っているようだが、二人だけが意識を取り戻していた。そこにはお多喜もいた。

すぐに縛めを取り払ってやろうとしたが、背後に人の気配が立ったのに気づいた。振り返ってにらみつける。

「きさま、和田竜之進」

「来いよ」

またも竜之進は走りだした。

今度はおくれずについていった勘兵衛が次に足をとめたのは、奉公人の長屋の裏手だった。

ここもけっこうな広さを持つ空き地になっている。ときにここで、勘兵衛は重吉と滝蔵の稽古をつける。

右側に奉公人がつくったこぢんまりとした庭がある。背の低い木々が植えられ、庭石も二つだけだが置いてある。

その庭石の一つに、一人の侍が腰をおろしていた。竜之進と勘兵衛がやってきたのを見て、ゆっくりと立ちあがった。

勘兵衛は目をみはった。

「組頭……」

「ちがうぞ。わしはもうおぬしの組頭などではない」

「どうしてここに」

目の前に立っているのは、勘兵衛の上役だった佐々木隆右衛門だ。

「おぬしの命をもらい受けるためよ」

意外としか思えない言葉だった。

「……でもどうして」

「娘よ」

隆右衛門は低くいい、きっかけとなった寺でのできごとを話した。

勘兵衛は思いだした。確かに三年ほど前、そういうことがあった。

ある夏の日、兄の使いで親類へ届け物をした帰りだった。それなりの風格を持つ寺の前を通りかかったとき、七、八段はある階段を娘が落ちてきたのだ。

もっとも、そのときの勘兵衛には抱きとめたという意識はなかった。むしろ、娘のほうから抱きついてきたように感じられた。

顔は覚えていない。あの頃の勘兵衛は美音以外、目に入らなかった。

「はじめて男に抱きすくめられた娘は、このお方こそが私の夫となるべき人、と運命を感じたのだ」

隆右衛門は無念そうに首を揺らした。

「しかし、現実には里香の思ったようにはいかなかった。おぬしには、美音どのという美しい想い人がいたゆえな。それでも、わしはなんとかしてやりたいと考えた。美音どのがよそに嫁いでしまえば、と組の者に蔵之介に縁談を申しこませたこともある」

隆右衛門は唇を嚙み締めた。

「だが、それも結局はむなしかった。おぬしと美音どのの気持ちを知っていた蔵之介はすべて断ってきたからな」

隆右衛門はため息を一つつき、すっと顔をあげた。

「その後蔵之介が死に、おぬしは美音どのとの縁談をととのえた。絶望した娘は自分にできる唯一のことをしてのけた。――哀れな娘よ、そんなことで命を絶ってしまうなど」

隆右衛門が刀に手を置いた。

「だが、わしはおぬしを許せぬ。この前、里香に手を合わせてくれたな。あのときおぬしが娘のことをほんのわずかでも思いだしてくれていたら、わしは思いとどまるつもりでいた。しかしおぬしは……。いや、ちがうな。わしはどんなことがあろうとおぬしを殺す気でいた。このときをずっと待っていたのよ。前に入っていた組では、おぬしを殺し損ねたからな」

「前に入っていた組というのは」

口にした途端、勘兵衛は気づいた。旗本で寄合だった田口兵部《たぐちひょうぶ》の家臣木下治部右衛門《きのしたじぶえもん》がつくりあげた組のことではないか。やつらは下落合村《しもおちあいむら》の下屋敷に馬場まで設け、人を殺させていたのだ。

ほとんどすべての者がとらえられたが、そのなかで唯一逃げのびた者がいた。

「その最後の一人が……」

にやりと笑って隆右衛門が、竜之進、と呼んだ。それに応えて竜之進がずいと前に出て、隆右衛門に並んだ。

「今から久岡勘兵衛を殺るぞ。しっかりとどめを刺せよ」

「承知」

隆右衛門が刀を抜き、すっと正眼《せいがん》に構えた。その刀が徐々に上段にあがってゆく。ぴたりととまり、その姿勢で勘兵衛をにらみ据える。

夜気がぎゅっと圧《お》しつめられたように気合がこめられ、それが弾けそうになったとき刀がぶんと振りおろされた。

間合に入ってはいなかったが、勘兵衛はその迫力に押されたように半歩下がった。

肉を切り裂く音がした。竜之進が左肩から右の脇腹にかけて血を噴きださせている。

がくりと右膝をついた。

「どうして……」

隆右衛門を見あげ、あふれる血とともに言葉を吐きだす。なにかに押されたようにごろんと横に転がり、血の海に体を浸した。腕を伸ばして隆右衛門をつかもうとしたが、もはやそれだけの力が残されていなかった。

血の筋を口から垂らして竜之進は絶命した。

「どうして」

「こやつと同じことをいうのだな」

隆右衛門が馬鹿にしたようにいう。

「こやつはきさまをつけ狙っていた。そして相討ちの末に死んだということだ。どうしてわしがこんなことをするのか、説明はいらぬよな」

隆右衛門は血振りをして刀を構え直した。

「よしやるか、久岡。じき家族が戻ってこよう。その前に片をつけようではないか」

ということは、と勘兵衛は思った。家族は無事なのだ。胸をなでおろして刀を向けた。

そのときにはすでに隆右衛門が眼前にいた。刀が振りおろされる。

勘兵衛は打ち返した。

だが隆右衛門の刀は重く、勘兵衛はわずかに体勢を崩した。

そこにつけこむように隆右衛門が鋭く踏みこんできた。

横に払われた刀を勘兵衛はかろうじて打ち落とした。

「やはりやるな、久岡。里香にこの強さを見せてやりたかったよ」

落ち着き払った表情で隆右衛門がいう。

真剣を向け合っているのに、どこからそんな余裕が出てくるのか。確かに隆右衛門は遣い手だが、互いの腕に決定的な差があるとは思えないのだ。

なにか隠している手があるのか。

勘兵衛は刀尖の向こうに立つ男を見つめたが、その答えは出てこなかった。

隆右衛門は再び殺気を充満させつつある。いくらうらみがあるとはいえ、勘兵衛を斬ることに躊躇を覚えていない。

人を殺すというのは、ここまで冷静にはできることではない。隆右衛門は経験があるのだろうか。

隆右衛門が刀尖をかすかに動かし、顔をのぞかせる。

「どっちだと思う」

勘兵衛はむっと見直した。

「あるに決まっておろう。わしがなぜ例の組に入ったと思う。このときのために、どういうものか知っておこうとしたのだ」

隆右衛門は予行をしたのだ。うらみの深さが感じ取れた。

「何人殺したのです」

「数は関係なかろう。肌で知ることができればよかった」

「そのために殺された人が、いや、人たちが哀れとは思わなかったのですか」

「きさまを殺すためだ。仕方あるまい」

「そんなことをして、里香どのが喜ぶとでも」

「気安く呼ぶな。それに娘は関係ない。すべてはわしの気持ちよ」

隆右衛門がじりじりと迫ってくる。獲物を追いつめた猟師のような高揚感が、その顔にはくっきりと刻まれている。

隆右衛門の姿が覆いかぶさるように近くなった。刀が袈裟に振られる。

勘兵衛は弾き返したが、刀がこれまできいたことのないような猛烈な音を発した。鐘のなかに入れられたように感じるほどの音で、耳をふさぎたくなるほどだ。

隆右衛門は動きをとめることなく刀を振るってくる。刀で受けないとよけきれないところばかり狙われ、勘兵衛はすべてはね返したが、そのたびに刀から発される音が耳を痛烈に打った。

その音には耳を聾《ろう》さんばかりの鋭さがあり、勘兵衛は耳の奥が痛くなってきた。そのせいか体がふらふらしはじめた。まっすぐ立っていられない。刀を構えようにもすんなりと決まらない。

目もかすみはじめた。隆右衛門の姿が見えにくくなり、足さばきに明らかについてゆけなくなっている。ちょっと動かれただけで、隆右衛門が視野から消えてしまう。

それでも、体に棲《す》む獣《けもの》が隆右衛門の刀を弾き返し続けてくれた。

勘兵衛がいくら打ち返そうとも、隆右衛門は疲れを知らぬかのように激しく打ちこんでくる。

さらに戦い続けているうちに、音が頭蓋《ずがい》を突き破るように入りこみ、勘兵衛は頭ががんがんしてきた。このままだと本当に頭が破裂するのでは、と思えるほどの痛みだ。

勘兵衛はどうすればいい、と痛さのせいでめぐりの悪くなった頭で考えはじめた。

同じ音をきいているのに、なぜ隆右衛門はなんともないのか。

わからない。注意して見たが、隆右衛門には自分と変わるところはなく、耳に栓らしき物をしていることもなかった。

おそらく積み重ねた稽古によって、なんともないところまで持ってきたのだろう。あるいは、音が相手のほうにだけ降り注ぐよう工夫されているのか。

ときを稼ぐしかないか。強烈な痛みに頭を揺さぶられながら、勘兵衛はぼんやりと思った。そうすれば美音たちが戻ってくるだろう。

いや、駄目だ。そんなことをしたら、姿を見られたということで隆右衛門は皆殺しにしかねない。

ここは倒すしかない。

だがどうすればいい。

いい考えも浮かばないまま、勘兵衛は隆右衛門の刀をかろうじて受け続けた。

しかしふらつく体ではすべてをはねのけられるはずもなく、いくつもの傷が体にできつつあった。血が流れ、着物にまとわりついている。体の自由が徐々に奪われてゆくのが実感される。

さらに隆右衛門が踏みこんできた。勘兵衛は打ち返したが、その一撃は隆右衛門の渾《こん》身《しん》の打ちおろしだったようで、音はこれまでで最も大きかった。

勘兵衛は両耳に錐《きり》を差しこまれたような痛みに襲われ、叫び声をあげそうになった。

その機を逃さず、刀が胴に振られた。見えてはいなかったが、勘兵衛は勘だけでかわした。

痛みはおさまらない。隆右衛門が逆胴に刀を持ってきた。勘兵衛は受けとめ、隆右衛門を押し返した。

横にずれて勘兵衛の力をそらした隆右衛門が一気に背後にまわりこもうとした。勘兵衛は追ったが、すでに隆右衛門は視野から消えている。

どこから来る。

勘兵衛は左側に殺気を感じた。途端、風切り音を耳元できいた。

勘兵衛は肩をよじり、さらに思いきり身を低くした。同時に右手のみで刀をうしろに払う。

猛烈な風が、髷《まげ》を飛ばす勢いで通りすぎてゆく。勘兵衛の刀は隆右衛門に届かなかったようで、なんの手応えもなかった。

勘兵衛は立ちあがって隆右衛門に向き直ろうとした。すでに頭の痛みはおさまっている。

黒い影が横合いから迫っていた。袈裟に刀が振られ、勘兵衛は体をのけぞらせた。ぎりぎりでかわすことができ、勘兵衛は刀を繰りだそうとしたが、隆右衛門は背後にまわりこんでいた。

刀が振られる。勘兵衛は地べたに伏せた。逆手に持ち替えられた刀が刀尖を光らせて落ちてくるのを気配でさとった。

勘兵衛は横に跳んだ。地面に突き刺さった刀がすばやく引き抜かれ、勘兵衛を追ってくる。

勘兵衛は仰向けになり、腹をめがけてきた刀をびしっ、と打ち払った。隆右衛門の腕が流れ、体勢を少し崩した瞬間、勘兵衛は立ちあがった。

おのれ。隆右衛門は叫びつつも下がり、再び正眼に刀を構えた。

どうすればいい。

勘兵衛はまた考えはじめた。

ふと重吉、滝蔵が稽古の際、二人でつかった型が脳裏をかすめた。

やれるだろうか。

しかも、隆右衛門に隙だらけの体を見せつけることになる。しくじれば、命はない。

いや、命がないのはこのままなら同じだ。やるしかない。

腹を決めた勘兵衛はじりじりと動き、奉公人たちのつくった庭に入りこんだ。

隆右衛門はかすかにいぶかしむような表情を見せたものの、すでに手のうちの雛《ひな》でも握り潰す心持ちでいるのか、ゆったりとした足取りで近寄ってくる。

勘兵衛は刀を構え、息をととのえた。

精気が体に満ちた瞬間、だっと走りだした。隆右衛門が腰をおろしていた庭石を蹴る。

勘兵衛はばっと怪鳥のように跳んだ。

本当は忍びのような跳躍力で隆右衛門の上を通りすぎ、そこから刀を繰りだすはずだったが、勘兵衛の足は隆右衛門の胸に当たった。

体勢を崩した勘兵衛は地面に落ちかけたが、その前に隆右衛門の体にぶつかった。

隆右衛門は勘兵衛を見失っていたのだ。真っ黒な空が勘兵衛の姿を隠し、隆右衛門の目から逃れさせてくれたのだ。

刀を右手に持ったまま勘兵衛は隆右衛門ともみ合った。勘兵衛が左拳で隆右衛門を殴りつけると、隆右衛門はがくりとうなだれたが、すぐに勘兵衛を怪力ではね飛ばした。その拍子に勘兵衛の腕から刀が飛んでいった。

隆右衛門は立ちあがり、今が好機と見たか刀を思いきり振りかぶった。

その大きくひらいた懐を勘兵衛は見逃さなかった。脇差を引き抜きつつ、思いきり踏みこんだのだ。

ひゅんと一瞬の風切り音のあと、ぼとりと隆右衛門の手首が地面を叩いた。

断ち切られた手がまだ刀を握っているのを見て、隆右衛門が信じられぬという顔をしている。傷口から噴き出る血しぶきで顔を濡らしながらも、左手であわただしく脇差を探した。探し当てる前に勘兵衛は動き、脇腹に脇差を突き刺した。

勘兵衛が脇差を抜くと、ほとばしる血を巻きこむようにして隆右衛門が倒れこんだ。

苦しげに顔をよじってつぶやく。

「〝鷹《たか》の尾《お》〟か。これが……」

それを最後に隆右衛門は息絶えた。

勘兵衛は大きく息を吐いたあと首筋に脇差を入れ、とどめとした。

あとずさるように隆右衛門から離れる。疲れきっていた。どすんと尻餅をつく。そのまま仰向けになった。

墨でも流しこんだように真っ黒な空が見える。ありがとう、と声をかけた。

目をつむりかけたが、表のほうから騒ぎがきこえてきた。勘兵衛は起きようとしたが、
それもできないほど体が重い。

美音やお多喜が呼んでいるのを勘兵衛は心地よくきいた。

やがて提灯の明かりが近づいてきて、それが勘兵衛を包んだ。

勘兵衛は上体をなんとか起こし、手を振った。

「おっ、殿っ。――殿がいらっしゃいました。こちらです」

大声で知らせたのは滝蔵だ。

「大丈夫ですか」

駆け寄ってきたのは重吉だった。

「ああ、なんとかな」

重吉はそばに二つの死骸があるのに気づいた。

「あの、これはいったい」

「あとで話す。待っててくれ」

勘兵衛は二人に感謝の眼差しを向けた。

「しかし二人のおかげで助かったよ」

「は、なんのことです」

勘兵衛は、この場で行った稽古のことを告げた。

その稽古のとき二人は、体をかがめた滝蔵の肩を蹴って重吉が宙を飛んだのだ。そこから竹刀を打ちおろしてきたのだが、一瞬とはいえ、確かに勘兵衛は面食らった。

二人がつかったその型は勘兵衛には通用しなかったが、今日の隆右衛門には十分すぎるほど有効だった。

「でもな滝蔵、重吉。忍びは闇に生きているのだよ」

十

佐々木家は取り潰しに決まった。

妻と二人の娘に厳しい咎めはなかった。ただし江戸払いとされ、下野《しもつけ》のほうの知り合いを頼りに旅立ったという話を勘兵衛は修馬からきいた。

今日は非番で、修馬が屋敷に来ていた。勘兵衛が招いたのだ。

美音と両親、そしてお多喜に紹介した。

その後、さっそく酒になった。

「なかなかいい男でいらっしゃいますね、山内さまは」

座敷に刺身や煮物などの肴《さかな》を持ってきてくれたお多喜が、酌をしながらいう。

「いや、お多喜さん。山内さまなんていうのはやめてください。是非、修馬と」

「わかりました。修馬さま」

流し目をされ、さらにはしなだれかかられそうになって修馬は酔いの消えた目をした。

「いや、やっぱり山内でお願いしたい」

「ま、なんて失礼な申しようでしょう」

「まあ、いいではないか、お多喜」

勘兵衛はすぐさまあいだに入った。

「ああ、お多喜、これだけでは肴が足りんな。もっと持ってきてくれ」

わかりました。お多喜がおもしろくなさそうな顔で座敷を出てゆく。

「なんか、樽《たる》みたいな体つきだな」

修馬が小声でいったが、地声が大きすぎた。

「こら、馬鹿者」

勘兵衛は叱ったが、おそかった。

敷居際でくるりと振り向いたお多喜は険しい顔をしている。

「勘兵衛さま、いい忘れておりましたけど、もう肴はございませんよ」

いい捨てて廊下をどすどすと歩き去った。

「見ろ、あんなことをいうからへそを曲げてしまったではないか」

「樽にへそなんかあったか」

「修馬、いい加減にしろよ」

「わかった。勘兵衛、許せ」

修馬はくいっと酒を飲んだ。

お多喜に代わるように美音が入ってきた。

「おう、美音どの。噂にはきいていたが、こうしてあらためて間近で見ると、本当に目がくらまんばかりの美しさだな」

「ま、お上手を」

美音が徳利を持ち、酒を勧める。

「ありがとう」

酒を胃の腑に流しこんで、修馬がうらやましそうな目をした。

「しかし勘兵衛はいいな。こんなきれいな奥方がいて、とても幸せそうだ」

「修馬にもきっと見つかるよ」

「今は無理だ。忘れられぬ」

「しかし、いつまでも一人というわけにはいくまい。家の存続ということもある。修馬、どうだ、お美枝さんを殺した下手人をあげれば、区切りとなるか」

修馬は杯を手にしたままじっと考えこんでいた。やがて深くうなずいた。

「そうだな。下手人をあげれば、忘れることは決してなかろうが、気持ちの整理はつくはずだ」

「よし、修馬。必ず下手人をあげるぞ」

「よし、やろう。勘兵衛」

二人は声をそろえた。

廊下を近づいてくる足音がし、お多喜が失礼しますと襖をあけた。

「お客さまです」

「どなたかな」

「俺だ。ずいぶん楽しそうだな」

お多喜のうしろから麟蔵が顔をのぞかせている。

勘兵衛たちは仰天した。

「うまそうではないか」

あわてて正座した勘兵衛たちを尻目に、麟蔵がのそりと座敷に入ってきた。

「まさかお頭……」

勘兵衛は絶句した。

「酒のにおいを嗅ぎつけてここまで」

麟蔵は勘兵衛に一瞥をくれただけだった。

「おい、修馬。俺も力を貸してやる。俺が加われば、百人力だぞ。いや、千人かな」

「はあ、ありがとうございます」

「おい勘兵衛、なにを尊敬の眼差しで見てるんだ。とっとと注げ」

杯の酒を麟蔵は一気に飲み干した。とんと畳に杯を置き、二人を眺めまわす。

「勘兵衛、修馬。やくざの出入りや金貸しの用心棒はおもしろかったか」

「げっ、ご存じだったのですか」

修馬が驚きの声をあげる。

「当たり前だ」

「でもどうして」

勘兵衛は不思議でならずきいた。

「張り番ですか」

「そうだ。だが俺はつけておらんぞ。それだけの人手もないしな。もっとも、今はもうついておらぬ」

「お頭でないとしたら、誰の手です」

「考えろ」

勘兵衛は頭をかきむしるような気持ちで必死に考えた。

まさか。やがて思い当たって、勘兵衛は呆然とした。しかも、そんな張り番の気配など一度たりとも感じたことはない。よほどの手練を飼っているのだ。

「……お目付の崎山伯耆守さまですね」

「そうだ」

「でもあのお方が。いったいどうして」

横で修馬も信じられないという顔をしている。

「新入りには必ずつける決まりになっているんだ。おまえたちがなにをしていたか、報告を受けて伯耆守さまは大笑いされたそうだ。あのお方らしいだろ」

「お頭もお叱りにならぬのですか」

修馬が意外そうにきく。

「怒るのだったら、伯耆守さまからお知らせをいただいたときに怒っておる。それをせぬのは、おまえたちが探索になると打って変わってすばらしい働きを見せたからだ。それに、おまえたちのような若い者から奔放さを失わせたくもない」

「では、これからもかまわぬのですか」

勘兵衛は期待をこめてたずねた。

「真っ当な限り、大丈夫だ。ただし、やくざの出入りはさすがにまずいな。あれはもうよせ。それ以外はなにをやろうと誰も口だしはせぬ」

勘兵衛の胸は喜びで一杯になった。外目ではわからなかったが、徒目付というのは思いがけない寛容さにあふれている。
移ってよかった。しみじみとそう思った。
ふと眼差しを感じ、見ると、美音がじっと見つめ、うれしそうにほほえんでいた。

二〇〇四年一二月　ハルキ文庫（角川春樹事務所）刊

光文社文庫

長編時代小説
烈《れつ》火《か》の剣《けん》　徒目付勘兵衛《かちめつけかんべえ》
著者　鈴《すず》木《き》英《えい》治《じ》

2024年7月20日　初版1刷発行

発行者　三宅貴久
印刷　堀内印刷
製本　フォーネット社

発行所　株式会社 光文社
〒112-8011　東京都文京区音羽1-16-6
電話(03)5395-8147　編集部
8116　書籍販売部
8125　制作部

ISBN978-4-334-10369-9　Printed in Japan

組版　萩原印刷